Se busca una historia

Autora

María Victoria Alger Velásquez

Edición

Liliana Quirarte

Diagramación

Marbell Panameño

Diseño de Portada

Ricardo E. López

Y esta forma parte de ella, de una o de varias vidas; que cada lector considere lo que le sea más útil.

A todos los que se preguntan, para tal vez un día acercarse a comprender, tan confusa mente y pensamientos.

Gracias Eli, por tu retroalimentación que permitió que esta obra quedara más completa.

Usualmente uno escribe una historia para buscarle significado a la propia, para encontrarle un sentido al vivir y a las experiencias. El escritor deja parte de sí en las letras, se desnuda ante el lector. Se muestra y queda vulnerable.

Y eso, ¿es bueno? No lo sé. Es un proceso.

Entonces esta historia es eso: Muchas historias que buscan darle sentido a una sola, ya que, ¿quién no es el resultado de tantas e innumerables vidas que han pasado, que se han quedado o se han ido, que ha vivido y que lleva en su ADN?

Sí, hay disparates. La vida está compuesta de estos, de miles, así como de contradicciones, caídas y logros; de luchas, de recomenzar y renovar. Y esta es una historia de una o varias vidas.

Que cada lector considere lo que le sea más útil.

Primera parte

i.

Yacía en su cama y no sabía con certeza lo que vivía.

Lo veía, a su lado, durmiendo. No sabía si vivía o si soñaba, pero sí, existía. Era real. Sentía lo que temía: el amor. Porque el amor te ciega y te hace ser tonto, porque el que no es tonto amando, no hay cuando.

Intentaba que le llegara el sueño o acudir a uno, pero su cabeza parecía un *puzzle* con miles de piezas que intentaba armar y no podía. Intentaba relajarse: inhalando, exhalando y no podía. ¿Por qué estaba tan inquieta a pesar que se encontraba en su lugar de descanso?

Le vio de nuevo, dormía plácidamente a su lado, no sabía si para siempre; pero, al menos, intentaba creer que sí. Hacía cinco años que lo había conocido y desde esa vez que lloraron al escuchar esa canción…

Brillas y brillas tan lindo

Y brillamos juntos, entre pestañas,

Divina, divina sonrisa, abrazo de luna, de luna llena…

Desde entonces no se habían separado. Por eso se le hacía aún difícil de creer. Pero sí era cierto: allí estaba. Recordó esa canción y al voltear a la ventana, cuyas persianas seguían abiertas, vio una pelota grande color naranja, ¿qué era aquello? Buscó sus gafas en la mesa de noche y era la luna. Sí, ¡la luna estaba color naranja! Quiso despertarlo, levantarlo para compartir tal espectáculo junto a él y cantarle al oído aquella canción, pero se contuvo; sabía que había tenido arduos días de trabajo y estaban allí para descansar.

Era su tercer aniversario de casados y una vez al año regresaban al lugar donde se habían enamorado por primera vez: la isla de Holbox, en Quintana Roo. En aquel lugar se desconectaban del bullicio de la ciudad, caminaban descalzos sobre la arena durante horas buscando flamingos hacia punta mosquito y en el camino se paraban a observar los caracoles, los peces que se acercaban y los corales que habían alcanzado la orilla. Aquel lugar era mágico y en un par de días recuperaban la energía para volver a sus ocupaciones.

Lo vio profundamente dormido, suspiró y miró la luna de nuevo. Dos preguntas pausaron el momento. ¿Por qué nos llamaba tanto el cielo? ¿Qué secretos se guardaban allá afuera?

Pensaba en la razón de ese viaje: celebrar su unión y su compañero le había comentado que el tres era significado de expansión, de movimiento, que era momento de dar vida e intentar ser padres, de pedirlo con todos sus deseos para que se volviera realidad y aquello le emocionaba, pero también le asustaba.

Salió de la habitación hacia la sala del estudio que habían rentado y abrió las puertas del balcón. Se escuchaba el sonido del mar y el canto de algunos animales nocturnos. Se sentó un momento y bostezó. Meditó por un instante, tal vez segundos, porque su capacidad de aquietar el espíritu era poca.

Regresó a la habitación, se quitó las gafas y sigilosamente bajó las persianas. Envidiaba la capacidad de su compañero de dormir, sin importar el ruido o la luz, ella aún no había aprendido a hacerlo. Vio que la luna se reía y pensó en el porqué, desde tiempos remotos, ha fascinado al ser humano. Cerró las persianas, se acostó, suspiró y se quedó dormida.

A la mañana siguiente él la esperaba con un café. Sabía que se había desvelado y quería sorprenderla. Abrió su apetito con el aroma a canela, manzana y jalea que inundaba el lugar.

Él se había acostumbrado a sus dotes artísticos: días buenos, algunos no tanto, otros malos. Pero su vaivén y vivacidad le hacían vivir y ya se había acostumbrado a ella; no le había costado trabajo, decía, tenía lo que él no. Y eso que andaba buscando, en ella lo había encontrado.

Se sentaron a la mesa y ella le sonrió. Había unos jarrones de barro al centro y el estilo del lugar era boho con muchas fibras naturales y tejidos mexicanos que decoraban la pared del comedor y los cojines de la sala.

La cocina ya había empezado a moverse: platos sobre la plancha de granito blanco, cafetera encendida y trastes sobre el lavabo. A veces no sabía qué decir, pero se le daba bien el escribir.

—¿Qué tal has dormido? —le preguntó él, que aún la contemplaba absorta en sus pensamientos, esos que quería desmenuzar para entender y no lo lograba. Mientras lo intentaba, le acercó una taza de café.

—Bien, he soñado con mi abue —le dijo.

Su abuela había fallecido hacía algunos meses.

—La veía tan feliz —le dijo, y tomó su taza de café, como tratando de enfriarla con la mirada, de avivar su intensidad con la cafeína que le esperaba. Prosiguió describiendo la escena.

—*En el sueño había un río apacible, en un primer momento. Se podía cruzar la orilla saltando un par de piedras; el ambiente era lúgubre, en gris. No sé si porque el cerebro no estaba dispuesto a captar colores o si el recuerdo de la escena se había disipado y era visible solo en blanco y negro, con tonos grisáceos. Al llegar a la otra orilla y realizar la diligencia que debía: encontrar a mi amiga Valeria y decirle que debíamos cruzarlo, de nuevo a la otra orilla, el agua ya estaba turbulenta. El riesgo de caída, de terminar llenas de lodo era alto. La tomé de la mano, pero Valeria se negaba a cruzar.*

—*¡Vamos, sí se puede!* —*le dije*—*Una piedra a la vez, antes de que la corriente sea más fuerte y nos arrastre.*

—*¡Ve tú!* —*me respondió Valeria, soltando mi mano.*

—*Intenté persuadirla, pero no me fue posible. La tuve que soltar para lograr avanzar. Al igual que muchas veces en la vida, tuve que dejar algo para poder seguir, si continuaba pegada no podría haber crecimiento. Sentí un fuerte impulso que me permitió sortear la corriente que podía arrastrarme. Así logré llegar a la otra orilla donde vi a quien me llamaba… Respiré. Entonces, la vi, en su mejor época. Usualmente así aparecen: en sus mejores años, en los de mayor florecimiento; cuando el cuerpo está formado, el rostro erguido y la madurez emocional que hace que cualquiera se vea más atractivo. No sé si era como cuando tenía 40 o 50 años, pero lucía perfecta: vigorosa, deportista, como siempre había sido. En un momento pensé que estaba viva porque se hallaba allí, frente a mí. Luego comprendí que no, que un año atrás había fallecido, ¿entonces?*

—¿Eres en realidad tú? —le pregunté, cerrando y abriendo los ojos porque no podía creer que fuera ella.

Vi su cara ampliada frente a mí. Podía ver sus ojos con claridad, la veía más grande, como si hubieran dado zoom a una pantalla de cine y enfocaran solo su rostro. Luego, pude verla completa y me habló. Sí, recuerdo sus ojos azules viéndome fijamente. Luego, pude percibirla completa y me habló.

—Sí. Soy yo. Solo quiero decirte que estoy bien, que estamos bien.

—¿Y mi abue?, le pregunté, ¿por qué no está contigo?

—Está en Acapulco y luego iremos a playa Tortugas. Aprovecha para ir a los lugares que siempre quiso, me dijo. Pero no entendí por qué no había venido. Tal vez solo a ella le habían dado permiso.

—Acércate, le dije. Y lo hizo. Vi su rostro. Pulcro, limpio, impecable... Su cabello blanco, con peinado de salón de belleza, corto y estilizado. Sonrió y la miré a los ojos, aún incrédula de que fuera ella. Pero sí era. Era la tía Carmen, la mejor amiga de mi abue.

—No sé si te he contado de ella —enfocó su voz de nuevo en él. Fernando asintió y le hizo señales para que prosiguiera su relato. Ella echó un vistazo de nuevo a su taza de café, intentando seleccionar las imágenes más nítidas que había visto en su sueño.

—Ya me voy con tu abue —me dijo—, solo quería decirles que estamos bien. Que andamos de un lado a otro sin fronteras, en libertad.

Quise seguirla, pero no pude. Me quedé parada viendo cómo caminaba hacia una luz, a un túnel, se volteó y me dijo adiós. La vi hacerse cada vez más pequeña hasta que desapareció. De repente, me esperaba mi hermana en su auto, con mi sobrino... Volvía a la realidad, a esa que no sabía si era o no, o el sueño. ¿En qué dimensión estaba?

Ya todos estaban en el auto, ¿todos? Los vivos, que, según yo, podían seguir palpando esta realidad, la que llamamos nosotros vida o el campo material. No sé cómo llamarlo porque al final solo estamos conscientes de un lado de todas las dimensiones existentes. Y solo faltaba yo para regresar a casa, a la ciudad. Resulta que habíamos estado en la playa, por la bocana del Río Lempa, donde se une río y mar, dos fuentes de agua que se hacen una. Se mezcla lo dulce con lo salado para fundirse y no quedar nada más sino lo que fue. ¿Así resultaba la vida? ¿Terminaba fundiéndose en una sola cosa? ¿Todas las existencias eran reales o algunas eran invenciones de nuestra propia mente?

Agustina se quedó pensando: ¿Por qué Playa Tortugas?, ¿existía ese lugar? Fernando tomó sus manos y las besó con suavidad.

—Quiere que sepas que está bien y que sigas con tu vida, que te percates que solo es otra dimensión. ¿Cómo podemos comprender la muerte cuando es lo único seguro que tenemos?

—No lo sé —le dijo ella, —pero me dio enorme paz verla.

—¿Adónde está playa Tortugas? Déjame buscar —le dijo él y tecleando en su teléfono se lo acercó a Agustina—Mira, es en cancún, posiblemente quería que supieras que está cerca y como en su dimensión no hay tiempo, ni espacio, puede que hoy estén aquí también, aunque no podamos verla.

Fernando era mayor que Agustina. Se casó antes, pero su primera esposa había fallecido en un accidente y ellos se habían conocido casi siete años después de ello.

Él ya no esperaba nada, tal vez porque creía haber vivido todo y por eso se le había hecho fácil acostumbrarse al modo de ella. No esperaba más nada, solo que le amaran, que estuviera allí, acompañándolo y ella lo hacía. Desde el primer momento se sintió seguro a su lado, le dio la sensación de que era lo que andaba buscando. Ella, por su parte, también se había enamorado fugazmente y aunque parecía menos segura al inicio, decidió entregarse plenamente y dejar todo por él. Allí estaban ahora: existiendo, siendo ambos. Se dejaban ser y esa era la clave, al menos era lo que les había funcionado hasta ese momento.

—¿Y tú cómo has dormido? —continuó ella.

—Bien, me he despertado temprano y he salido a dar un paseo a la playa. He visto a unos pescadores tirando las redes. Sabes que esos parajes me apasionan y les he tomado unas fotografías. Se acercó a ella con la cámara en mano y empezó a mostrarle: un pescador con la red en mano, esperando el momento perfecto para lanzar y atrapar la comida de ese día.

—Esa fotografía dice mucho —le dijo ella—. Es como el resumen de la vida. Todos deberíamos ser como pescadores esperando el momento adecuado para tirar la red. Pero no significa solo echarla, sino ser minucioso en la preparación: buscar una red adecuada, sin huecos, que sea resistente y una vez que se cuenta con el equipo necesario, tener paciencia para lanzarla y... —Él la abrazó por atrás. En otro momento podría continuar con su filosofía, sus palabras le excitaban y acercándose por detrás, besándole el cuello le dijo:

—¿Estás lista para tirar conmigo la red y ser tres?

Ella sonrió y le dio un beso. Él respondió con otro, recorriendo su cuello. Ella soltó su mano en su palma. Él volteó su silla y la colocó frente a él; la besó en la frente y acarició sus senos, que estaban sueltos bajo su camiseta de dormir. Él levantó suavemente su camiseta, quitándosela por completo. Ella se paró, le besó y le quitó la de él. A un beso le siguió otro y pronto estaban haciéndose uno, fusionándose y encontrándose como la primera vez.

ii.

Al mes, Agustina se percató que no había menstruado y se puso muy nerviosa. No sabía el porqué, pero era una posibilidad desde aquel día en la playa, buscando a su descendiente. No quiso comentarlo con Fernando porque conocía lo sensible del tema de la fecundidad. Determinó ir a buscar una prueba de embarazo en la farmacia. En pocos minutos había descartado la posibilidad y no entendía la razón, pero recobró la calma, de nuevo se había quedado en paz.

Ambos habían coincidido, años atrás, en una fiesta de amigos en común, en un bar en Holbox. Era un lugar remoto para ambos. Y mágico. Luego se volvería uno de sus lugares favoritos, pero en ese momento era la locación de la boda civil de sus amigos. Los habían presentado en el rompehielos y la química inicial parecía que no llegaría a ningún lado: demasiada emoción. Agustina era cautelosa y racional; Fernando, un caballero que resguardaba sus sentimientos. Conversaron un par de horas, sentados en troncos de cocoteros, en un bar situado frente a la playa. Estaban descalzos y percibían la arena sobre sus pies, a pesar de que durante el día había hecho bastante calor, en la noche refrescaba por la brisa del mar. Ella lucía un top negro ajustado y unos *shorts* largos, color beige; aretes en forma de caracol y algunas pulseras artesanales que había comprado el día anterior, durante un recorrido por la zona. Él vestía unos *shorts* azules y camisa de lino, color beige. La atracción era inminente, pero ambos se controlaron.

—¿Te gusta la naturaleza?

—Sí, y este lugar me ha fascinado —le contestó ella.

—No conocía esta isla, había visitado solo Isla Mujeres, Tulum y la zona hotelera de Cancún, pero este lugar es mágico…

Él estaba entusiasmado hablando sobre este tema, pero ella le escuchaba con dificultad.

—¿Ya recorriste toda la isla?—le preguntó ella, pero él la interrumpió.

—Muchas veces los mexicanos no conocemos los tesoros que encierra nuestro país, mucho tiempo me dediqué a hacer trekking y en uno de los viajes me preguntaron por México y desde esa vez me propuse visitarlo más, no quería quedar en ridículo... Es más, a los novios los conocí en una ruta, de tantos viajes fueron los únicos a quienes les seguí la pista y hemos organizado juntos algunos recorridos para escalar. ¿A ti te gusta este tipo de deportes?

—Sí, me gusta correr en montaña, aunque hay lugares que no se puede andar libremente como mujer. Ya ves que está muy inseguro.

—Bueno, siempre hay rutas seguras. Usualmente los lugares turísticos y rutas de escaladores sí son seguras...

En ese momento ella solo sabía que él hablaba y le comprendía muy poco por la música.

—¿A qué te dedicas? —le preguntó ella.

—Vendo alimentos para animales, ¿y tú?

—Estudio literatura. Me queda un año para terminar.

—Interesante. ¿Cuál es tu género literario favorito?

—La novela. ¿El tuyo?

Ella se mordió los labios, ¿por qué no le fluían las palabras como las letras?

—Me gusta la historia —contestó él, —la geopolítica, las guerras, sobre todo la Segunda Guerra Mundial.

Ella sintió un estremecimiento por dentro, era de las cosas que más le afectaba en su vida: la Segunda Guerra Mundial. ¿Por qué la gente revivía ese dolor? Volteó la mirada y él le tocó el brazo.

—¿Vamos a bailar?

Aceptó. Había una pista improvisada cerca de donde se tocaba la música, un dj sobre la arena. Ella sintió como si un imán la atrajera hacia él, quería besarlo, aunque no lo conociera. Pero se resistió, sentía un escalofrío dentro de ella y él sonreía. Bailaron un par de canciones más y luego volvieron a la mesa. Él intentó abrazarla, pero ella se alejó. Sabía que ese hombre le atraía demasiado. Nunca le había ocurrido eso. Ni en su relación anterior, y no podía dejarse llevar, aparte parecía mucho mayor que ella.

Ambos habían viajado para asistir a la fiesta de sus amigos y Agustina sabía la distancia entre los lugares en que vivían: ella era de Veracruz y él, de Guadalajara. Y, claro está, podía decidir pasar una noche bien o no. Algo en su interior la detenía y a él también. Ninguno se atrevió a acercarse de nuevo, a tocarse… Solo les bastó una buena conversación.

Al día siguiente era la boda civil y desde que se vieron no se separaron ni un momento, sus amigos dieron el sí en un hotel de playa antes del atardecer y eran unos setenta invitados. Era noviembre y el clima era agradable.

En el segundo encuentro no pudieron contenerse: al verse sabían que no podían perder su oportunidad y esa noche la emoción pudo más que la razón, ambos cedieron: primero un beso, luego otro, pensaron que estaban locos, pero en su interior sentían paz, como si se estuvieran prometiendo amor eterno, sin la certeza de verse de nuevo.

—Pensé en huir —le susurró ella al oído mientras bailaban en la pista de la fiesta de boda.

—¿Hacia dónde?

—Hacia el monte o hacia el mar.

—Huyamos juntos —le contestó él— ¿Qué quieres arriesgar?

—Lo que tú arriesgues, yo también.

Le besó y por un momento pensó en todos esos años sin él, sin su compañía; el sentirse amada a pesar de sus locuras, ¿cómo había estado tanto tiempo sin él? Ninguno preguntaba sobre el futuro: ambos vivían el presente. Resulta que cuando empieza el enamoramiento es equiparable al "Mindfulness", a estar presente porque la realidad que se vive supera cualquier sueño o deseo.

Esa noche terminó, aunque no quisieran. Él prometió llamarla y mantener contacto; ella, siempre cautelosa, pensó que era una farsa y en su interior trataba de consolarse pensando que la atracción física no era tan importante, ¿o sí podía convertirse en amor verdadero? Posiblemente sintió tanta atracción que le daba miedo enamorarse y quedar vulnerable, de nuevo, ante un hombre. No quería volver a sufrir, tenía que ser más prudente.

iii.

En ese momento de incertidumbre ya no esperaba nada y tal vez por eso estuvo dispuesta a arriesgarlo todo. Había terminado una relación hacía poco tiempo y no quería pensar tanto en formalidades, al fin y al cabo, el amor es una elección y son dos personas libres quienes deciden si lo toman o lo dejan. Es bilateral. No depende solo de una persona, deben ser dos en una relación. Entonces la sacudió la aceptación, un sí total la recorrió. Así, ella estaría allí… Si él quería, si aprendían a quererse bien y si no, pues sería otro aprendizaje, otro de tantos de esta vida.

Y siguieron en contacto. Aunque era difícil. Él le escribía a diario, desde que se levantaba, como de rutina, antes de irse a trabajar y ella le contestaba, de camino a correr, o mientras corría o después de ello. A veces se pasaba de enamorada y se permitía enviarle una toma de algún amanecer o el malecón a las primeras horas de la mañana. Una de esas cursilerías que se hacen cuando se cortejan los enamorados.

Fernando no entendía qué le atraía de ella: no era la más guapa, pero su independencia lo forzaba a tener que conquistarla a diario. Posiblemente le atraía su seguridad personal o esos secretos que no le terminaba de contar, aún en las conversaciones más densas que tenían.

Al encuentro fortuito le siguieron encuentros programados, llamadas diarias, mensajes, detalles y un sinnúmero de minucias que preceden en una relación al vincularse más. También surgieron dudas en ambos: ¿estaban arriesgando demasiado?, ¿valía la pena? Y como si fuera poco, surgían los cuestionamientos en ambos, así como los comentarios sociales, que abundaban: *amor de lejos, felices los cuatro*. Todo el ambiente era dubitativo, hasta que, después de un año de tantos desvaríos, él se atrevió a preguntarle: ¿dejarías todo?

Y ella le dijo que sí, sin titubear.

Allí estaban, aprendiendo a quererse, el uno al otro.

Su relación duró un año a distancia y él, más de una década mayor que ella estaba seguro que era la indicada y le pidió matrimonio. El año que pasaron comprometidos ella iba y venía entre los preparativos de la boda que se realizaría en Guadalajara y la búsqueda de un lugar donde vivir. Y sí, había días que quería huir de sí misma porque ni ella podía entender qué le ocurría: ¿tenía miedo al compromiso o le asustaba la idea que era un hombre mayor que ella y sus novios siempre habían sido de su edad? Poco a poco fue comprendiendo que era parte del proceso, que todos estamos aprendiendo.

Vivían en un departamento en Guadalajara, cerca de la colonia americana. Les gustaba salir a desayunar los domingos a los café que habían en esa zona, recorrer las calles andando y descubrir pequeños museos, tiendas o exposiciones. Fernando salía muy temprano a trabajar y ella trabajaba para un periódico, la mitad de su trabajo lo hacía desde casa. Antes de casarse había recibido una oferta de trabajo que aceptó sin titubear para mantener la mente ocupada y conocer personas en la ciudad, a pesar que su esposo le había dicho que no sintiera presión por hacerlo. Tenía planeado escribir una novela y se le ocurrió iniciar un blog al cual tituló "Escribe tu historia" en el que las personas compartían historias de vida y accedían a que si era interesante, se pudiera escribir una novela.

Fernando era un hombre moderado, la vida le había enseñado que vale más la prudencia y la paciencia que la ciencia e imprudencia. Quería preguntarle a Agustina si su deseo de ser tres se había concretado, pero no sabía cómo, ya llevaban seis meses intentando, según él, y no tenía noticias.

Segunda parte

iv.

Allí estaba rumbo al parque, con su primer hijo, como casi todas las tardes que su trabajo se lo permitía. Era un parque de unos tres kilómetros cuadrados y tenía un área con juegos infantiles: resbaladillas, escaleras, tambores para niños entre dos y siete años. Llegaban a él caminando y su época favorita era el otoño, cuando se llenaba el piso de hojas secas de colores marrones, naranjas y amarillos.

Julito, su hijo, le tomaba de la mano fuertemente y al llegar al patio de juegos, salía corriendo.

—¡Papá! ¡Papá! Estoy subiendo por acá.

Julito ya hablaba, con la voz aguda de esa edad. Fernando lo observaba y cuando quería sacar el móvil para revisar algo, su hijo se encargaba de que lo guardara inmediatamente.

—¡Papá! ¡Papá! ¿Me cachas?

Fernando se colocaba al frente de la resbaladilla amarilla, donde su hijo se iba a deslizar.

—¿Jugamos a las escondidas?

—Espera, mejor sigue aquí en este juego y diviértete en la resbaladilla.

—¡No! Juguemos a las escondidas, ¡por favor! Uno, dos, tres, cuatro... ¡Voy a buscarte!

Fernando se escondía atrás de un árbol de tronco muy grueso, asegurándose que su hijo viera parte de su cuerpo sobresalir y lo encontrara rápido.

—¡Te encontré! Ahora tú a mí.

—Cuento hasta diez: uno, dos, tres, cuatro, cinco, seis... ¡Voy a buscarte!

Julito salía corriendo a esconderse detrás de un arbusto cerca del patio de juegos, Fernando sabía que siempre sobresaldría alguna parte de su cuerpo o de su ropa.

—¿Dónde estás Julito?

Fernando le llamaba muy despacio y en tono de risa, veía su cuerpo atrás del arbusto donde siempre se escondía. Iba caminando y parecía que el tiempo se volvía cada vez más lento.

—¿Dónde estás Julito?

Los arbustos se movían, pero al acercarse, no estaba allí. ¿Adónde se habrá metido?

—¿Dónde estás Julito?, ¿dónde estás? —gritaba un tanto molesto.

Veía que una sombra se movía cerca de los juegos y el columpio estaba aún meciéndose. Fernando pisaba fuerte las hojas secas y empezaba a oscurecer. Estaba molesto. ¿Qué estaba pasando? Sentía una angustia en el pecho, corría de un lado a otro, buscando rastros de su hijo, pero no lo encontraba. Seguía caminando y el sendero se hacía más ancho y ya no era posible encontrarlo.

Se despertaba sudando, frío. ¿Qué había pasado? Era el niño que no había encontrado. Que siempre quiso y no llegó. Veía el reloj: tres de la mañana. Se levantaba e iba hacia el baño. Se veía en el espejo, estaba empapado, había buscado a ese niño durante meses y no lo encontraba. No lograba reconocer su rostro. Respiraba hondo y tomaba un sorbo de agua del termo que dejaba al lado del lavabo. Se veía en el espejo, de nuevo viendo su rostro, se limpiaba la frente con la toalla e iba a orinar. Se lavaba las manos, se secaba las manos y la cara. Suspiraba de nuevo. Veía a Agustina dormir como si nada pasara, aún no se veía vida en su vientre. Ella estaba de lado, en posición fetal.

Se metía dentro de la cama e inhalaba profundamente. Cerraba los ojos y se imaginaba caminando por un bosque repleto de pinos. Llegaba a un arroyo, acababa de amanecer y las plantas tenían rocío fresco sobre ellas. Así, pensando en su lugar favorito, se quedaba dormido. Al día siguiente no reparaba en su sueño. Preparaba su café e iba a trabajar. Los quehaceres del día le ocupaban tanto que no pensaba, solo se sentía un poco más cansado de lo habitual.

—¿Cómo te fue, mi amor? —preguntaba Agustina.

—Bien, con mucho trabajo.

—Bien, estuve trabajando en el blog de escritura creativa. Al inicio pensé que nadie lo iba a visitar, pero me han llegado varias historias interesantes para publicar.

—Ah, ¿sí?

—Si, te tengo que contar. Mucha gente ha escrito en el blog. Al parecer todos quieren escribir una historia sobre su vida. Si gustas ve a darte un baño, mientras termino de preparar la cena.

Fernando iba al baño, como de rutina. Se estaba un rato en lo que se bañaba y dejaba de lado las preocupaciones del trabajo. Agustina preparaba la cena, ese día en particular le había tomado tiempo pensar qué cocinar. Tenía pasta y espinacas, haría algo con eso y una ensalada de tomate con albahaca y queso mozzarella. Era una comida rápida y nutritiva, pensó. Colocó agua a hervir con un poco de aceite de oliva y sal, sacó los tomates del refrigerador y los puso en un tazón con agua y desinfectante. Extrajo la albahaca y la colocó junto a los tomates. Se le cayeron unas hojas al piso, las recogió y lavó.

El agua de la olla comenzó a hervir. Colocó la pasta y vio el reloj: 6:30 p.m. Debía sacarla a las 6:40. Durante ese tiempo obtuvo la tabla color verde del cajón de la cocina, así como el cuchillo más filoso. Dispuso los tomates rebanados en un plato con un trozo de mozzarella encima y, finalmente, la albahaca. Sacó un colador y lo colocó en el lavabo. ¡Ya estaba lista la pasta! Apagó el fuego, abrió el grifo del lavabo y le vertió agua con cuidado; colocó la pasta sobre el colador y se le escaparon dos pedacitos que dejó allí. Volvió a ordenar la pasta en la olla, vertió la espinaca y un poco de aceite de oliva.

—Necesitaba darme un baño. ¿Te ayudo?

—Sí, gracias, ¿puedes poner la mesa? Los individuales, cubiertos y vasos.

—Sí, claro.

Agustina servía la pasta en cada plato.

—¿Puedes llevar la ensalada a la mesa?

Fernando llevó la ensalada a la mesa y Agustina se sentó antes, colocando cada uno de los platos en su puesto. ¡Las servilletas faltan!, pensó y se levantó por ellas.

Se sentaron. Agustina notó que algo preocupaba a Fernando.

—¿Todo bien?

—Sí, gracias. Tuve bastante trabajo hoy: muchos proveedores, pagos… —apretó los labios mientras lo decía y Agustina percibió que algo no estaba bien.

—A mí también me asusta —le dijo.

—¿Qué cosa?

—Esto de ser padres.

Fernando la vio y sintió que se le hizo un nudo en la garganta.

—Es normal, será un cambio para ambos. Y espero que sea pronto.

—Tengo emociones encontradas que usualmente pintan como las más sublimes. Pero la vida no es así —prosiguió ella—. A veces veo esas fotografías, vídeos, la emoción que se exhibe ahora en el teléfono y en las redes sociales… Pienso si estaré loca por no sentirme de esa forma. Deseo vida, pero me da miedo.

—No estás loca. Solo creo que debemos vivir más en esta realidad que en la virtual, que expulsa todos los elementos imperfectos de la vida, esos que realmente le brindan un sentido, los que nos hacen humanos.

Fernando puso su mano sobre la mesa para que ella la tomara y la apretó fuertemente.

—Me asusta y a veces pienso si estoy lista o no.

—Nadie está listo, todo se aprende en el camino, ¿cierto?

—Sí, pues sí. Nadie nace sabiéndolo todo.

—Y ahora hay más información. Imagina a nuestros abuelos y padres que tuvieron que improvisar más, todo el tiempo.

Sonrieron.

—Cuéntame sobre las historias que te llegaron en el blog, tengo curiosidad —dijo Fernando.

—Hoy fue interesante. Un chico me envió un resumen de un amorío que tuvo con la mamá de su mejor amigo, pero en realidad no es un tema que me atraiga tanto. Creo que si escribes sobre algo así puede ser que te metas en problema con la otra parte, ¿no crees? Aunque se notaba muy insistente en querer divulgar todo el chisme. Otra chica quería contarme su historia: Su padre las abandonó a ella y a su madre cuando tenía dos años y pues resulta que es la definición de un canalla, ya sabes... Lo que me contó me puso los pelos de punta. Su último recuerdo es que su padre amenazó a su mamá con un arma y pues no lo volvieron a ver hasta que se iba a graduar del colegio.

—¿Y?

—Resulta que cuando se graduó con honores asistió a la graduación y le prometió pagarle la universidad. Ella tenía media beca por sus altas calificaciones y claro que accedió. Le resultó asombroso el cambio del padre, quien siempre había estado ausente en su vida. Ella pensó que al fin le apoyaría en algo. Resulta que terminó su carrera y empezó a trabajar en un banco y seis meses después le llegó una carta en la que solicitaban que iniciara a pagar el crédito que había "pedido" para pagar la mitad de sus estudios.

—¿Ajá? —Fernando tomó agua y la miró para que prosiguiera. Agustina tomó un sorbo de agua y casi se ahoga.

—Levanta las manos.

Se aclaró la garganta para poder continuar.

—Resulta que el padre nunca pagó un cinco de la universidad. El ofrecimiento lo hizo para quedar bien con su novia, quien lo había acompañado a la ceremonia, ya sabes... Y ella dice que recuerda que le hizo firmar unos papeles, pero que nunca se imaginó que era un crédito bancario.

—La gente no cambia, ¿cierto?

—No lo sé. Hay quienes si cambian, ¿o no?

—Me parece que la mayoría viven en programación automática y tienden a repetir patrones en su vida hasta que son capaces de desprogramarlo. —Fernando recordó el sueño, ¿qué significado tenía?, ¿qué le estaba diciendo aquello a él?

—Lo más impresionante es que ella es guapa, inteligente, ya sabes... Historias que vistas desde fuera cuesta comprender. Y su novio resultó ser un abusador de primera, llegó hasta a quebrarle un dedo.

—¿Cómo?

—Sí, creo que su historia ha resultado una de las más interesantes porque le tomó muchos años terminar su relación con su novio hasta que logró sanar y perdonar a su padre.

—Ejercicio interesante al que te has sometido.

—Sí, lo que más me impresiona es la facilidad que tiene la gente para contarte su vida.

—Puede ser liberador.

—¿Tú te atreverías a contar tu historia?

—No lo sé, creo que mi forma de sacar el dolor ha sido distinta.

—Creo que muchas historias de vida real sobrepasan a las telenovelas. Parecen falsas, ¿sabes? Uno no entiende cómo hay personas que no salen de un círculo: llámese traición, decepción, etc.

—A todos nos pasa.

—¿Qué cosa?

—El sanar toma tiempo. El quedarnos en el círculo que hablabas. Por eso hay quienes sufren de un padre abusivo y encuentran a un novio abusivo, o quien siempre tiene amistades que le sacan dinero, ya sabes... Ese tipo de comportamientos.

—Sí pues. A mí me pasó...

—A mí también.

—Espero no ser tu tóxica.

—Lo bueno es que estaríamos dispuestos a desintoxicarnos. El problema es cuando te cierras al cambio, ¿no crees?

Agustina recogió la mesa, mientras Fernando fregaba los trastes. Al terminar, él se puso tras ella.

—¿Volvemos a intentarlo? —él puso sus manos sobre sus senos y le besó el cuello.

Ella le quitó los pantalones y él la subió a la cubierta de la cocina. Un plato se resbaló en el fregadero y se hizo pedacitos, pero no les importó. Ella le besó el cuello y él respondió adentrándose en ella suavemente. Ella intentaba relajarse y no pensar que aquello tenía que traer vida, pero no podía, intentaba disfrutar el momento pero no lo lograba. Su esposo gimió, ella pretendió disfrutar aquel momento sin resultado.

Al terminar, se ducharon juntos. Ella salió con su bata a limpiar los vidrios rotos y se hirió un dedo. ¿Por qué le dolía aquello que un día había disfrutado?

Fernando se puso calzones, se lavó los dientes y se acostó. Ella se quedó guardando los trastes. Pensó en su propio padre, ausente durante su niñez. Al menos había respondido en lo económico. No sentía mucho por él, pero dio gracias que no fuera violento. Distrajo su mente. Recordó las primeras conversaciones con Fernando mientras caminaban en la playa y se quedaban varios minutos entretenidos viendo cómo los caracoles se escondían en sus conchas sobre la arena.

—¿Cuál es tu pasatiempo favorito?

—Ver las estrellas.

—Pero, ¿dónde?

—En cualquier lugar alejado de la ciudad. Parece que cada vez es más difícil, pero en realidad es lo que más me gusta, lo que más disfruto. Perseguir las estrellas fugaces, encontrar alguna y pedirle un deseo al universo. Aquí, en la playa, parece ser fácil seguir viendo el cielo estrellado. ¿Y a ti?

—Ir al bosque por la mañana a correr. De niño se hacía escarcha en el invierno y muerto de frío salía a ver los primeros rayos de sol.

—Volvió a ver el cielo y pidió con todas sus fuerzas: Vida. Por favor, concédenos el deseo de ser padres. —Lo pedía con todas sus ganas, pero se le encogía algo dentro de sí.

Su deseo de ser tres no se había vuelto realidad aún. ¿Sería ese el círculo que debía cortar? Apagó las luces de la casa, vio el cielo, suspiró y se dirigió al dormitorio, se lavó los dientes y se acostó al lado de Fernando, quien se había quedado dormido rápidamente.

V.

Iba rumbo hacia el parque, tomado de la mano de su hijo. Había otros niños, era de tarde, tanto padres como abuelos acompañaban a los chiquillos. Era un día con muchas nubes, pero no se veía que fuera a llover.

—Papá, juguemos a las carreras.

—Uno, dos, tres…

—Ambos corrían llegando a los juegos.

Julito corría y se subía a los juegos, se deslizaba en la resbaladilla más pequeña. Corría y volvía a subirse.

—Papá, ¿me cachas? Papá, ¿me cachas?

Julito subía y Fernando lo esperaba al final de la resbaladilla de plástico, color verde y amarillo.

—Espera a que bajen las niñas y luego vas tú, Julito.

—Sí, papá.

Salían dos niñas corriendo de la resbaladilla.

—¿Me cachas?

Fernando se colocaba en el borde de la resbaladilla. Escuchaba que su hijo ya venía, pero nunca llegaba.

—¿Julito? ¿Julito? Se asomaba por la resbaladilla y no podía ver el fin.

Se levantó sudando. El sueño se repetía de forma incesante y a veces le dejaba en vela durante la madrugada. No se atrevía a comentarlo con Agustina, sabía que ella también tendría sus propios miedos.

A veces se nos cruzan por la mente miedos infundados o tal vez heredados de experiencias pasadas. Fernando había buscado un hijo con su primera esposa por casi cinco años. Los doctores no les daban razón de la infecundidad, ambos estaban tan presionados, intentando procrear un hijo, que olvidaron de disfrutarse. Los encuentros eran programados, se había perdido la magia y el deseo; ese que, por banal que parezca, es sostén de una relación.

15 años antes

Estela era una mujer segura de sí y él se había dejado llevar por su belleza. Habían sido novios solo seis meses y rápidamente se habían comprometido. La boda había sido de ensueño: Todo un cuento de hadas. Él era su primer novio formal. Anteriormente solo había salido en un par de citas con amigos, sin llegar a algo más.

Estela era una joven de estatura media, con ojos color caramelo, delgada, piel morena y cabello teñido de castaño. Tenía poco tiempo para la fiesta y dedicaba más tiempo a sus estudios. Era una gran deportista; practicaba tenis de forma profesional, deporte que le había permitido obtener una beca en la universidad. Sus padres, ambos, trabajaban en empresas multinacionales y le habían inculcado la disciplina desde pequeña.

Ella se había criado junto a su hermana gemela con ayuda de la señora Carmen, quien ayudaba en casa desde que sus padres se casaron y había sido fundamental para el cuidado de ambas niñas. Su madre había dejado su trabajo para el cuidado de los primeros años de sus hijas y, al ingresar estas a la primaria, había retomado su vida profesional con éxito.

Se habían conocido fugazmente en una tienda deportiva: Fernando buscaba unos zapatos para trekking y ella, una nueva raqueta de tenis cuando se toparon en la caja.

—No hay conexión para la terminal, señorita. —le dijo la cajera— Solo aceptamos pago en efectivo.

—Un momento —dijo Estela, mientras buscaba en su bolsa para completar el pago.

—¿Cuánto le falta? Complete el pago de la señorita —dijo Fernando, quien le seguía en la fila, extendiendo el billete a la cajera.

—No, ¡cómo crees! —dijo Estela.

—Así está bien —dijo mientras tendía el billete a la cajera y le cobraban.

—Muchas gracias. —le dijo, tomando su raqueta. Sus mejillas estaban rojas de vergüenza, pero, al fin y al cabo, no era tanto dinero. Tomó su bolsa y salió de la tienda. Él la alcanzó en el estacionamiento.

—Hola, soy Fernando — le dijo.

—Hola —le dijo ella.

—¿Cómo te llamas?

—Estela—le contestó cayendo en cuenta que aún sentía vergüenza y que sus mejillas seguían rojas y ahora estaba frente a ella preguntándole su nombre y no se lo había dicho. —Muchas gracias por lo que hiciste, me ahorraste venir de nuevo.

—Un placer. ¿Te gusta jugar tenis?

—Sí, juego en la Federación.

—¿Me puedes dar tu teléfono?

Ella se sonrojó. Y hubo un silencio incómodo. ¿Le daba el real o se inventaba un número? Se veía buena persona…

—Sí, dame el tuyo y te marco —le dijo ella.

Suspiró cuando él se perdió de vista y encendió el coche. ¿Le llamaría? ¿Por qué se había puesto tan nerviosa?

Fernando la llamó al día siguiente y la invitó a cenar. Era un restaurante mexicano que había ganado prestigio durante los últimos años. Ofrecían tlacoyos, tetelas y quesadillas y los fines de semana eran de pancita, barbacoa y tamales. Ahora era un restaurante de lujo que continúa siendo un tributo al maíz y la milpa. Los llevaron a su mesa y se sentaron.

—¿Se les ofrece algo para empezar? —preguntó el mesero. —Tenemos destilados, tepache, fermentos, cerveza... Les puedo aconsejar el tepache.

—Sí, dos tepaches —dijo él.

—Y una botella de agua también —dijo ella quien acostumbraba a evitar bebidas fermentadas y en caso de tomarlas, bebía agua natural para cuidar su cuerpo.

Les sirvieron de entrada un platillo llamado taco ceremonial mazahua, era una tortilla de maíz pigmentada con grana cochinilla e inspirada en las que se ofrecían para agradecer las cosechas. Estuvieron un rato charlando sobre su día y ella hizo una pregunta.

—¿Y tus padres? —le preguntó ella.

—Mis padres fallecieron, —él tragó saliva, siempre le costaba responder a ese cuestionamiento, pero tenía que afrontarlo— los dos al mismo tiempo. Mi padre era comerciante, vendía alimento para animales. Ya era un negocio consolidado y yo estaba estudiando, ya sabes, despreocupado por la vida. Es de las mejores etapas para aquellos que ven la vida de forma utilitaria —hizo una pausa y le dio un sorbo a su bebida— Tienes beneficios y no responsabilidades.

Ella se rio.

—Sí, entiendo.

—Trabajaba con él los fines de semana y cuando ocurrió el accidente, todo fue tan rápido que tuve que reajustar prioridades. De pronto tenía un negocio que atender y no alcanzaba a ir a la universidad, entonces tuve que dejar mis estudios. Compré algunos libros de negocios y tengo amigos a quienes recurro cuando mi mente se atora y no sé por dónde ir —le dijo y reflexionó sobre si la información proporcionada era demasiada para la primera cita.

—Yo juego tenis de forma profesional. Mis padres aún siguen trabajando: ambos son profesionistas y siempre nos inculcaron la disciplina. Agradezco que nos hayan apoyado en el deporte, te abre muchas puertas y en realidad obtuve una beca completa en la universidad gracias a mi rendimiento deportivo. Te llevarías bien con ellos, ambos están conversando siempre sobre nuevas tecnologías o formas de crecer los negocios sin comprometer la rentabilidad.

Así comenzaron a verse con más frecuencia. Se enamoraron. Él fue su primer todo: el primer beso, la primera caricia, el primer hombre que deseó. Él había tenido tres novias en su juventud, pero había estado solo casi por tres años. Ella tenía 18 años y él, 22. Jóvenes, enamorados, se lanzaron al compromiso más serio de sus vidas, sin pensarlo dos veces.

Sus gastos eran pocos y contaba con la holgura económica que le permitía comprometerse y sostener una familia. Así que, ¿por qué no? Posiblemente ansiaba ya una compañera, llegar a casa y no tener que hablar solo con su voz interior.

Antes de casarse, decidieron que ella terminaría su carrera universitaria antes de buscar un hijo. Le faltaban dos años y aprovecharían para viajar y compartir juntos ese tiempo.

Fernando estaba ansioso por tener un progenitor, creía que ambos podían estar mejor con un bebé y que eso consolidaría su amor. En el fondo quería que ese bebé le recordara, de alguna forma, a alguno de sus padres. No sabía de dónde le había venido la idea, pero la tenía en la mente y sus familiares la reforzaban en cada encuentro que tenían. Estela se negó cuando él se lo planteó seis meses después de casada, no quería dejar sus estudios, ni su carrera deportiva; pero en su primer aniversario y al ver que su esposo insistía de forma sutil, decidió que podía retomar sus sueños después, cuando su hijo creciera, así como lo había hecho su madre.

En su segundo aniversario no pasaba aún nada. Ya había transcurrido un tiempo prudente y, debido a lo jóvenes que eran ambos, era mucho más probable el embarazo. Fernando comenzó a estresarse y Estela a refugiarse en sus sesiones de tenis; intentaba huir de esa presión impuesta por su compañero. Él llegó a decirle que posiblemente era su culpa por enfocarse demasiado en su carrera deportiva, pero los doctores aseguraban que el deporte ayudaba a la fertilidad. Entonces, él inició también a ir al gimnasio, posiblemente él era quien debía hacer cambios. Tal vez sus padres también habían sufrido lo mismo y por eso había sido único hijo.

Pasaron los años y nada. Cada mes Estela temía ver una mancha roja y confirmar que no podrían cumplir el deseo de ser padres. Desde que terminó la universidad se había dedicado a la casa y al deporte. Fernando le había dicho que prefería que ella no estuviera con más presiones por un nuevo trabajo y su prioridad era única: concebir un hijo.

Estela solía ir a competir, una vez a la semana, en un club que tenía un gran campo de golf y canchas de tenis, fuera de la ciudad. Se había propuesto ser la primera de su categoría y hasta ese momento iba por buen camino. Fernando solía acompañarla cuando competía durante los fines de semana, pero ese sábado que era la semifinal, llegaba un proveedor importante con el que firmaría un oneroso convenio, entonces le dijo a su esposa que no podría ir con ella.

La competencia era un sábado. Estela se levantó y Fernando ya no se encontraba en casa, había estado bastante estresado durante esa semana debido a la reunión que tenía. Ella preparó un batido con proteína, plátano, almendras y miel, como lo hacía cuando tenía competencia. Salió de casa y, de camino al club de golf, cerca de las diez de la mañana, sumergida en sus pensamientos y nerviosa por la competencia, le subió volumen a la radio. Sonaba *Heaven on earth* de Belinda Carlisle en la radio, música de los ochenta, sus favoritas.

Ooh, baby, do you know what that's worth?

Ooh, Heaven is a place on Earth

They say in Heaven, love comes first

We'll make Heaven a place on Earth

Ooh, Heaven is a place on Earth

De repente sintió un estruendo, personas que iban en los vehículos, por todos lados, intentaron ayudarle. ¿Qué sucedía? A un tráiler se le había escapado una llanta y había impactado su coche haciendo que perdiera el control y chocara contra el muro de contención. El impacto fue al lado del conductor y las bolsas de aire estallaron. El tráiler continuó su camino y se empezaron a acumular personas alrededor. Llamaron a la ambulancia y se tardaron unos veinte minutos en llegar. Un joven intentó sacar a Estela de su auto, pero necesitaban usar herramientas y los vidrios estaban rotos. Los paramédicos llegaron y tuvieron que pedir refuerzo a los bomberos porque no lograban abrir el auto. Habían transcurrido treinta minutos desde el accidente y no se escuchaba ruido dentro, ¿estaría en coma la persona?

Trasladaron a Estela en ambulancia, pero los paramédicos dijeron que había fallecido. El golpe fue en la cabeza y falleció al momento, según explicaron los médicos. La vida se le escapó.

Fernando terminó su reunión y al sacar su móvil vio alrededor de veinte llamadas perdidas: unas de familiares, otras tantas de números desconocidos. No entendía qué pasaba. Al contestar se quedó en blanco y su asistente tuvo que pedir una ambulancia. Perdió el conocimiento por un momento. No podía comprender lo que estaba sucediendo.

vi.

En ese momento comprendió todo al quedarse sin nada: el tiempo perdido al buscar algo más y no disfrutar lo que se tiene. Entendió lo difícil que hubiera sido criar a un hijo solo. Debía aprender a confiar, a tener fe. Aunque eso le valiera años de experiencias, depresiones y miedos que tuvo que ir superando.

A raíz de eso, huía hablar del tema. Tras la muerte de Estela le inundó el miedo de ser él estéril y no se atrevía a intimar con nadie. Se refugió en su trabajo y una pasión por escalar montañas que lo llevaría a conocer la Patagonia chilena y argentina, el Pico de Orizaba, el Nevado de Colima, los Pirineos en Francia y los Alpes Suizos. Se dedicó a buscar rutas durante tres años y se tomó una o dos semanas cada año para estar solo. Cada montaña que escaló le permitió dejar atrás el dolor y sanar los duelos que se habían acumulado.

En sus viajes conoció personas con quienes compartió momentos y muchos de sus amigos pensaron que posiblemente allí podría encontrar a un nuevo amor, pero no fue así. Durante ese tiempo se esforzó en hacer ejercicio diario para mantenerse en condición y tomó varias fotografías que guardaba para sí. No mantuvo contacto con nadie de los que conoció en sus viajes, más que con la pareja de amigos que se casaron en Holbox y que coincidió con él en una ruta de la patagonia chilena. Posiblemente por eso le llamó la atención lo que sintió por Agustina, desde el primer momento, y comprendió cuando su sicóloga le había dicho que el hecho de no tener hijos no debía limitar la posibilidad de una pareja.

—Si realmente amas a alguien —le dijo su sicóloga— el hecho de tener o no tener hijos no debería importarte. Los hijos son un regalo —puntualizó.

Desde ese día se anduvo preguntando si realmente había amado a Estela o si había dejado de amarla al buscar un progenitor, más que a ella misma. Su partida de la Tierra le había costado: era su primer amor y nunca se imaginó sin ella. Años le tomó comprender que la vida es una rueda, que esas experiencias y amores eran necesarios: todo tenía un propósito y tenía que buscarlo día con día.

Estar solo era difícil. No quería volver a sentirse así, pero llegó a pensar que el mundo le estaba dando la espalda, que le habían arrebatado todo lo que tenía: a sus padres, luego a su esposa. Su duelo lo vivió en soledad; refugiándose en el trabajo, que era su salida al mundo. Creció bastante su negocio y limitaba sus relaciones personales para dejar de ser vulnerable. No se creía capaz de soportar otra pérdida y la única forma de llevarlo a cabo era evitando cualquier relación, calculando el amor, limitándose. Eso lo dejó más vacío. Hasta que un día, en un avión, conoció a una señora que le dijo: *No le tema al amor joven, las pérdidas nos hacen más fuertes.*

Posiblemente la señora se lo dijo para aliviar su propia alma, le contó que su madre había fallecido hacía unos días y la razón de su viaje era esa. La señora no sabía que sus palabras, más que bálsamo para curar sus heridas, harían reflexionar a Fernando. Desde ese encuentro retomó sus terapias con la psicóloga. Sabía que las necesitaba desde hace tiempo, aunque había obviado recurrir a ella por temor a afrontar la verdad.

Tras unos meses de lectura, terapias y de enfrentar sus miedos, escalando y caminando montañas y picos, Fernando fue recuperando sus relaciones con amigos; se le sumaron eventos, cenas y encuentros que programaban sus conocidos para presentarle a prospectos. Salió con muchas, en varias citas, pero nunca había sentido por alguien lo que por Agustina.

vii.

Agustina estaba más nerviosa que emocionada por concebir un bebé. No demostraba sus dudas porque sabía que podía herir susceptibilidades, pero le daba miedo que alguien dependiera de ella siempre. Eso del compromiso, del para siempre, era su talón de Aquiles y allí estaba: en un para siempre que la sacaba de su posibilidad de dar vuelta en U en cualquier momento.

Cada mes sentía un temor indescriptible por quedar embarazada. ¿Por qué? ¿Era normal o estaba exagerando todo? ¿Por qué temía dar vida? ¿Qué le asustaba? No sabía con quién hablarlo o si en realidad era un tema que debía trabajar más a profundidad.

Llevaban un año intentando, abiertos a la vida y empezaba a asustarle el hecho de ser infértiles, ella era joven y él, la edad del hombre no tiene mucha importancia en esto; ¿qué les estaba pasando?

Él quiso compartir con ella su amor por la montaña y por eso solían salir al bosque o a escalar algo cerca durante los fines de semana. Aún hacía frío y los dos se cubrieron con un rompeviento. Podían caminar durante muchas horas en aquel lugar, asombrándose de las hierbas que encontraban, hormigueros gigantes y el ruido apacible del bosque.

—¿Me atas los zapatos?

—Sí, así no tendremos que parar cada cinco minutos —le dijo. Se lo pedía siempre porque ella aún no comprendía cuál era el secreto y la forma para asegurar que estas quedaran bien amarradas y no se soltaran.

El bosque estaba seco y frío. Solo al sentir el olor a pino se relajaron sus sentidos y sintió que necesitaba salir a la naturaleza y encontrar una respuesta, ¿acaso era muy pronto? ¿Por qué pensaba continuamente en que no era el mejor momento para dar vida?

Corrió rápido, intentando distraer la mente, para dejar de pensar; intentaba enfocarse en sus latidos y en estar, pero no podía. Se detenía a observar los pinos que tendían de las barrancas, con unas cuantas raíces ancladas a la tierra, intentando no desmoronarse y quedarse allí por más tiempo. Posiblemente no sobrevivirían para la próxima tormenta o ventisca. ¿Sobreviviría ella a esto, tan natural y peligroso a la vez?

—¡Exageraciones! —pensó, tenía que estar agradecida.

Ambos lo querían, ambos estaban listos, tenían trabajos estables, un matrimonio y no habían comprometido algo con esta decisión. Era el momento y debía asumir su responsabilidad y llevar el proceso con todo el amor posible. ¿Sería así? Un diálogo que se presentaba en su mente, interminable, que buscaba calmar. Aceleró el paso, posiblemente el estar más cansada la terminaría apaciguando.

—Me comentaron de una terapia de fertilidad —le dijo él.

Ella le miró y se le hizo un nudo en la garganta. Una lágrima rodó sobre su mejilla.

—No lo sé, la vida debe darse de forma natural, ¿o no?

—Ya llevamos más de un año intentando. Creo que la ciencia avanza para que hagamos uso de ella. Imagina que es fácil y que con un procedimiento o una hormona o algo pueda ser todo más fácil.

—No lo sé.

—Intentemos. ¿Lo harías?

Ella lo abrazó. Él le dio un beso en la frente.

viii.

Agustina buscaba una historia para escribir su novela e inició un blog en el que las personas le compartían historias de vida, llevaba algunos meses trabajando en este proyecto y había resultado gratificante. Creía que por ser la primera vez, sería más fácil basarse en una historia real. Muchas veces la realidad supera a la ficción.

Los escritos le ayudaban a sanar el alma. Posiblemente aún le faltaba forma: el porqué, el sentido. ¿Sería que su vida también era como su novela: con muchos detalles, pero inconclusa, sin propósito, ¿sin sentido?

Desde pequeña había desahogado sus penas y enojos con sus letras. ¿Sobre qué escribiría? Abrió el navegador en la página de su blog y encontró la siguiente entrada de Laura de El Salvador.

Podrías contar la historia de cómo llegó esa niña a San Miguel, en el año de 1929, según una partida, o en el año de 1928 según otro documento. Porque en ese entonces los documentos iban y venían, cambiaban según requerimientos legales de uno y de otro que los impusiera. La fecha era el 19 de octubre y porque el 8 nos gusta más diremos que fue el 19 de octubre de 1928.

María se levantó como acostumbraba, alrededor de las seis de la mañana, después del tercer canto del gallo más cercano y cuando ya se escuchaban ruidos en la cocina de la casa. En las afueras iban y venían los que ya habían ordeñado las vacas, los que salían a vender la leche, las mujeres que preparaban el maíz para las tortillas de la mañana.

Eran las seis de la mañana y para muchos era temprano, para otros, ya era tarde. Sus tres hijos mayores, Marina, Rene y Julián ya estaban despiertos. Le dio más trabajo levantarse de la cama, palpó su vientre y la criatura que se movía dentro de él. ¿Nacería hoy?, se preguntó. Se paró de la cama inhalando con dificultad porque ya la panza se le hacía pesada. Según el doctor, pronto nacería.

Fue al baño y se levantó de la taza con dificultad, entonces sintió una contracción. Su vientre endureció, pero hacía días que estaba sintiendo lo mismo, una y otra contracción, de vez en cuando. Esta vez sintió varias a la vez y entonces salió del cuarto y gritó.

—¡Marina, ya viene!

Marina salió corriendo a llamar a la partera. María estaba en cuclillas intentando calmar su dolor y le acompañaba doña Juana, quien había sido pilar fundamental de la casa de los Montoya durante más de diez años. René se había quedado trabajando con unos peones en la casa y se apresuró a avisar a su padre, Julián, quien salía a supervisar el campo desde antes del amanecer.

La partera llegó a la casa. Le dio indicaciones a María que se acostara en la cama y, como en sus partos anteriores, había que respirar hondo y contener, para después soltar.

La bebé no salía.

Eran casi las 8 de la mañana, el sudor cubría el cuerpo de María, quien gemía con cada contracción. Mandaron a todos los niños a casa de los Pérez para que no escucharan los gritos y se asustaran. Y así llegó al mundo Mary, entre sábanas recién lavadas y colchas recién bordadas de sus tías, abuelas y nanas, que durante las tardes habían preparado la llegada de la bebé.

Se criaría en el monte, en la finca El Salitre, en San Miguel, y convivirá con los hijos de los peones, chuparía la sábila de la vaina del plátano y esa sería la razón por la cual sobrevivieron la pandemia de Tuberculosis que cobró la vida de muchos del lugar.

A sus escasos cinco años moriría su madre, a causa de una apendicitis, que en ese momento no tenía más cura que la propia muerte.

Diez años más tarde, fallecería su hermano, en un accidente aéreo. Tomás, como le llamaría luego a su hijo, aquel que también llegó a término, pero falleció a causa de su útero calcificado, pronosticado por su hermano, quien había dicho que no debía tomar exceso de calcio si siempre se había alimentado correctamente.

El origen del nombre de "El Salitre" no lo conocemos. Lo que sí sabemos es que era una coincidencia para Julián trabajar en este lugar debido a sus orígenes. Había nacido en Salinas de Añana, en el norte de España, lugar famoso por las sales que se producían allí. Cuentan que ahora los chefs con estrella Michelín tienen sus propios depósitos de sal en este lugar. Aunque en el Salitre no había sal, más que la que se encontraba en la tierra y nutría los cultivos del lugar.

Pasaría sus años escolares en el internado, con las monjas de la Asunción. Recordaría aquellos tiempos con nostalgia, diciendo que habían favoritismos para las compañeras cuyas familias hacían onerosas donaciones. Probaría el cigarro a sus 14 años, en el patio del internado, y aquello que empezó como un acto de rebeldía, se volvería su esclavitud por los siguientes 50 años.

Intentaría aprender los oficios de manualidades; a elaborar flores de papel y sobre las técnicas artesanales mexicanas, sin éxito alguno, porque al escabullirse para ver cómo lo hacía la Madre Martita, le gritaría que se fuera amenazando a Mary con castigos y no podría salir el fin de semana.

Las vacaciones las pasaban en la Playa El Cuco y llegar allí era toda una odisea. Contaba que antes que llegara el primer automóvil a su natal San Miguel, el trayecto hacia la playa lo realizaban en carreta y les tomaba alrededor de tres días. En la carreta cargaban granos, gallinas, puercos que iban alimentando en el camino y vacas que les acompañaban y brindaban leche en la travesía.

A la playa El Cuco asistían varias familias y durante las vacaciones tenían lugar numerosos eventos sociales para los jóvenes: lunadas, cenas especiales, bailes. En la cena que organizaban los Duarte, una fiesta de verano para la que ella misma había confeccionado trajes para asistir a la lunada, había conocido a José Sermeño, con quien había empezado una relación que duraría casi cinco años. Y al comprometerse en matrimonio con ella e irse a San Salvador, por medio año a estudiar, regresaría éste ya casado con otra dama por haberla embarazado. Esa pena le duraría algunos años, pero la desquitaría con su carácter extrovertido y al convertirse, como su papá decía, en Coca Cola: No podía faltar en ninguna fiesta.

A veces se iban hasta Honduras, por la noche, donde la familia Juárez organizaba fiestas temáticas y Mary se lucía con sus trajes. Regresaban al día siguiente en grupo, junto a sus amigos el Toño, el Pepe y a veces, acompañada de uno de sus primos o hermanos. Con ellos tendría relación cercana, hasta su muerte. Algunos se le iban a adelantar en el camino y otros, se quedarían cuando ella ya no estuviera.

Al llegar casi a los 30 años conoció a un joven agrónomo, quien se convertiría en su esposo. Empezarían su vida en un lado y en otro, aprendiendo que no en todo lugar era bien recibida, que algunos eran más cerrados y egoístas que en su natal San Miguel. Viviría bien. Tendría muchos amigos y no faltaría compañía en su mesa. Criaría a tres hijos y sería de las mejores modistas de su época, confeccionando los vestidos de novia para todas las señoritas de la sociedad. Sería recordada por siempre andar impecable, por tener un cigarro en su mano y por no haber quemado nunca alguna tela, de las tantas que pasaron por su taller, para vestir a las novias.

Participaba como conductora de un espectáculo anual organizado a beneficio de los niños con Síndrome de Down. Los guiones los preparaba con meses de anticipación, contando chistes y anécdotas que recopilaba entre las pláticas, lecturas y vivencias propias. El cuaderno de estos escritos tenía taches, enmendaduras y solía sacarlo después del café de la mañana: para quitar y poner palabras que sumaran al espectáculo.

Su gracia al expresarse haría que muchos no pararan de reír y sí, aunque decía que le querían quitar el puesto, permaneció como conductora, junto a su amiga Rosita, hasta el último espectáculo que se hizo cuando ambas tenían alrededor de setenta y cinco años. Los trajes los elaboraba ella junto a otras amigas. Usualmente elegía chaquetas de lentejuelas para resaltar en el escenario. Dentro de los papeles más relevantes que le tocó representar estaría la imitación de Walter Mercado, para el cual se había confeccionado un caftán morado con aplicaciones brillosas en verdes, dorados y rosas. Haría reír a todo el público con las predicciones que se había inventado, más que para dar una respuesta existencial, para divertir a los asistentes.

Trabajaría siempre. A pesar de que en esa época la mayoría de las mujeres se dedicaban exclusivamente al cuidado del hogar. Esto le daría la posibilidad de tener libertad financiera y planear viajes con sus amigas viudas o divorciadas que también tenían esta libertad. Viaje de mujeres. Sí. Se lo podría permitir, aunque aún hoy en día hay quienes se asombran que las mujeres tengan ese tipo de libertades "mundanas". Entre una de esas aventuras se podría contar la de Bariloche, Argentina, que se inmortalizara con la fotografía que colgaba desde su cuarto de costura, con sus amigas vistiendo todas de frío, en una cabaña nevada y que contaría a sus nietos como "ese es el viaje a Bariloche que hicimos juntas durante quince días, vieran qué bien la pasamos".

Mary tendría que soportar, a pesar de ser transgresora en su época, infidelidades. Al casarse su último hijo, decidieron su marido y ella, que era mejor para cada uno vivir por su lado. Aunque en casa ya cada uno tenía su cuarto y pocas veces se dirigían la palabra. Hay detalles que vale más guardarse. ¿O vale la pena que se cuenten? Como lo que contó una y otra vez, que menos mal nunca había vendido el terreno que le heredó su padre, porque gracias a la lotificación de éste, podría mantenerse económicamente durante su vejez, cuando su marido faltara, no por fallecimiento, sino por plena voluntad y por decisión de vender y no hacerse cargo de un gasto más de la casa que habían compartido por más de 20 años. Luego, se encargaría de decirle a toda mujer soltera el siguiente consejo: ni todo tu amor, ni todos tus secretos, ni todo tu dinero.

Las comidas en su casa tenían siempre el toque español, herencia de su padre y sus tías paternas que habían vivido con ella en ausencia de su madre y huyendo de la posguerra española. Los caldos eran comunes en su cocina: de tripa, de res, de gallina india, el arroz aguado. Siempre celebró sus cumpleaños, "aunque sea unos panes voy a poner" y el veinticinco de diciembre era de ley una comida en su casa.

Durante su juventud celebró cada fin de año en su casa y llega-
ban hasta cien invitados. Ese día preparaba pavo, puré de camote,
ensalada navideña y la pierna de cerdo con ciruela que seguiría
horneando hasta que ya no pudo pararse de la cama y su hija mayor
continuó con la tradición. Lo dulce, como decía, nunca fue su prio-
ridad, "a mí me gusta más la comida salada"; pero todo el que la
conocía había probado su famoso flan y el merecumbé: "porque uno
se hace con las yemas y el otro con las claras del huevo", aclaraba.
En su juventud tardía, por los cincuenta y sesenta años haría co-
midas cada sábado, a las que asistían sus hijos y amigos cercanos,
unas treinta personas. Ese día había casa llena y las alcachofas no
podían faltar como aperitivo: con mahonesa, aceite de oliva y sal.
Ya entrados los años, las comidas de los sábados serían reemplaza-
das por el día domingo, donde se reunirían solo sus hijos y nietos
para comer picadillo de indio, arroz con pollo, ensalada rusa, sopa
de pata o gallo en chicha. El picadillo sería de los platillos iconicos
para sus nietos: era un tipo lasaña salvadoreña elaborada con plá-
tano macho, carne molida, queso y huevo duro.

Escribía esto y unas lágrimas rodaron por sus mejillas. Recordó a su abuela fallecida hacía algunos meses. La extrañaba. Habían
pasado ya varios años y seguía pensándola. Quería recordar su voz
y llamarla de nuevo.

Agustina quería seguir leyendo y su teléfono timbró.

La cita es en veinte minutos, te veo en el consultorio.

Se le hizo un nudo en el estómago. Hoy podrían darles un vere-
dicto sobre si alguno tenía una condición que impedía que concibie-
ra un hijo. En su mente, le pidió fuerzas a su abuela. "Peores cosas
se perdieron en la guerra", solía decir. "Ayúdame a que todo salga
bien, tengo miedo y sé que tú pasaste por algo parecido".

Minutos después sintió una suave brisa en el dormitorio. La
invadió la paz, aun incrédula sobre una petición que era arrogante,
pero a la vez un grito de ayuda. Y no sabe aún si fue solo su imaginación, pero percibió su aroma. Si ése. Ése era su aroma.

Había llegado. Tomó su bolsa y las llaves del auto. Al llegar a la clínica aparcó al lado de su esposo, suspiró intentando disimular sus nervios. Él estaba parado en el estacionamiento y al verla llegar se acercó para abrir su puerta.

—Hola Fernando.

—Hola mi amor —le dijo él, dándole un beso en la frente.

Entraron a la clínica, había otra pareja en la sala de espera y se acercaron a la mesa donde aguardaba una chica joven, con lentes y el pelo rojo agarrado en un moño, muy guapa.

—Tenemos cita a las ...

—Sí, señor Fernando, ¿cierto? Son los próximos en pasar.

La clínica constaba de dos cuartos que exhibían muy buen gusto. Había un cuadro abstracto detrás del escritorio del médico y a Agustina le pareció ver una mujer embarazada sosteniendo su vientre entre las manchas de colores marrones.

—Hola, mucho gusto. Soy el doctor Alfredo Martínez.

El doctor era joven, tendría unos treinta y cinco años, se veía fuerte, pelo café oscuro, ojos marrones claro y la barba marcada de candado. A diferencia del resto de doctores que conocía, en lugar de usar una camisa de botones con cuello, tenía una camiseta pegada deportiva color negro que le marcaba sus músculos y zapatillas deportivas.

Sobre el escritorio estaban exhibidas la diosa Deméter, hija de cronos y Rea, según la mitología griega era diosa de la agricultura, la fertilidad y la tierra. Según la mitología, cuando la hija de Deméter fue raptada, la diosa se deprimió tanto que surgieron el otoño y el invierno. Y a su lado estaba una escultura de Coatlicue, para la mitología azteca, la madre de todos los dioses representada con rasgos de serpiente: una madre bondadosa y un ser insaciable que devora todo.

—Soy Fernando y mi esposa, Agustina.

Agustina permanecía callada, absorta en las decoraciones del doctor.

—¿Te gustan? —preguntó el doctor a Agustina, señalando a las pequeñas esculturas.—Y este cuadro representa a Saramamá, —señaló a un cuadro pequeño que estaba en un mueble auxiliar bordado en un tejido parecido a los peruanos— Es la diosa del maíz para los antiguos pueblos diaguitas, que luego fueron dominados por los incas. —Agustina sonrió y el doctor prosiguió sentado en su escritorio—Cuénténme, ¿en qué les puedo servir?

—Queremos concebir un hijo, llevamos un año intentando de forma natural y no lo hemos conseguido.

—El proceso puede demorar una media de siete a doce meses, aún no me parece tanto tiempo.

—Sí, el caso es que Agustina es mi segunda esposa.

El doctor escuchaba atento.

—¿Su primera...?

—Falleció.

—Lo siento mucho.

—Y tampoco pude tener un hijo con mi primera esposa. Quisiera descartar la posibilidad de ser estéril.

—Ya veo, necesitaré realizar estos exámenes. Y también a su esposa, aprovechando que ambos están aquí podemos descartar hasta encontrar la respuesta.

El doctor anotó en su computadora e imprimió una lista de estudios médicos que debían realizarse.

—Tengo que tener los resultados de estos estudios para poder continuar con ustedes. —les extendió unas hojas de papel: una con el nombre de Fernando y otro con el de Agustina. —Al tener los resultados podremos saber más y darles alternativas. Pasos a seguir.

Al salir de la clínica, cada uno tomó su auto rumbo hacia su casa. Fernando llegó antes y tenía hambre. En el refrigerador había limonada preparada y sacó pepinos, limones y una lata de palmitos del mueble de la cocina. Agustina llegó y colocó las llaves en la entrada.

—Fernando, he estado pensando en el libro, te comenté que había empezado a escribir la historia que me enviaron de Mary, pero me han solicitado un artículo en el periódico para el día de la mujer.

Él estaba preparando botana: partiendo pepinos, chiles serranos, palmitos...

—¿Me escuchas?

—Sí, te escucho.

—Recuerdo una escena que presenciamos hace un par de años en un hospital público. ¿Te acuerdas de Aurora, mi amiga? Ella no tiene hijos, pero sabe lo que significa dar a luz, y en cada cumpleaños acudía al hospital público de la ciudad, con cestas cargadas de regalos para quienes habían nacido ese día. El día que la acompañamos a entregar los regalos la dinámica era la siguiente: entrábamos a visitar al bebé y le entregamos a su madre la cesta con pañales, ropa nueva, mantas y accesorios útiles para recién nacidos.

—Sí, recuerdo que me comentaste que había sido muy gratificante.

—Y no sé si recuerdas sobre la niña que tenía unos 14 años y acababa de dar a la luz, el bebé estaba arropado con una sábana del hospital, se notaba que no tenían nada más que su pecho para ofrecerle a la bebé.

—No recuerdo esa historia, pero ¿cuál es la idea que traes?

—Resulta que la niña estaba triste porque dijo que su bebé era mujer. ¿Te acuerdas? Que el papá, un jovencito de unos dieciséis años estaba molesto junto a su padre, el abuelo porque era mujer, ¡válgame!... Cuando entramos al cuarto, ellos seguían parados en la puerta y cuando le preguntamos si la querían cargar nos dijo la madre que estaban enojados porque había nacido mujer.

—Ah, sí lo recuerdo. Neta que la pobreza es desconocimiento, a veces lo vemos como la mera carencia de recursos, pero es también la forma de ver la vida, ¿o no? Pero, bueno ellos estaban pensando en quién iba a trabajar la milpa.

—Sí, resulta que cuando le dijimos que las mujeres a veces cuidan más de su familia y que somos igual de importantes, el papá cargó a su hija y rodaron lágrimas de sus ojos. Su abuelo seguía enojado en la puerta. Ya ves, entre más años pasan, más cuesta entender las cosas realmente importantes porque uno se aferra más al mundo.

—Depende, hay quienes reflexionan a medida que pasan los años. No puedes ser así de dura.

—Pensé en enfocar el artículo del periódico en la lucha por los derechos de las mujeres en algunos lugares del mundo y citar este tipo de historias. Aún hay ignorancia, hay quienes consideran a las mujeres más débiles y estas creencias deben romperse.

—Es la lucha real que debe hacerse —dijo Fernando. —No en la que se han inventado los que manejan al mundo y los medios para poner en contra a los hombres de las mujeres, en luchas que no tienen sentido.

—Claro, —le dijo ella— porque nos venden historias falsas de liberación y lo que realmente buscan es lucrarse de eso. ¿Por qué? Claro que sin hijos sos más productivo para una empresa y a la familia se le relega a segundo plano como si fuera menos importante.

—Y es el núcleo social más importante y están en contra de ella.

—Exacto. Y la lucha real a favor de la mujer es empoderar su labor de crianza, de procrear, de educar… ¿Cuántos años toma? Pocos para lo que es la vida, pero nos han vendido que seremos felices con la materia, cuando nuestro ser ansía lo eterno, dejar un legado.

—Y retomando tu idea, ¿qué harías entonces?

—Narrar estas historias que no se comentan en los medios porque no les conviene financieramente. Y que deberían ser la lucha real de aquellos que dicen que protegen a la mujer y sus derechos. Es como la conversación hacia el aborto, cuando en realidad lo que debería evitarse son los abusos sexuales que siguen estando a la orden del día y bueno… Las relaciones sexuales precoces… ¿Por qué no se habla de esto?

—Porque eso no sería negocio. Si las personas son fieles y se respetan, pues, ¿adónde queda el negocio de las clínicas de aborto y el resto de las cosas que nos venden como respuesta a nuestra felicidad?

—¿Crees que podría ser una buena historia?

—Sí, pero no es políticamente correcto hablar sobre esto.

—Sí, claro. ¿Cuánta propaganda se ha hecho de la campaña ABC de Uganda para reducir el SIDA? Poca, porque no conviene. Pues así es el mundo, ¿o no?

Fernando la besó y le susurró al oído: *¿Y si nos amamos, será que nos podremos multiplicar? Dímelo, niña, en tus brazos quiero estar...* Agustina lo apartó sin querer. No estaba lista. No después de ir al médico y su mente la ocupaba el artículo, la novela... Él pensaba solo en procrear, dar vida, multiplicar. Le empujó, suavemente, según ella, pero el rostro de él se entristeció.

—No sé si te conviene a ti que la conversación gire en torno a empoderar a la mujer a través de su familia. Tú no tienes hijos, podrían decir que eres hipócrita, que no conoces en realidad el significado de la maternidad y lo que implica.

Agustina sintió que le dio una puñalada dentro, ¿la estaba culpando a ella de no ser fértil? ¿Acaso no era él?

—Te pasaste —le dijo, quiso golpearlo, pero se resistió. Se quedó parada, enojada.

—Es cierto. Creo que si escribes algo debes hacerlo desde la experiencia. Disculpa si se escuchó ofensivo.

—Sí, fue ofensivo. ¿Qué pasa si tú eres el del problema?

—No quiero discutir.

Él se retiró a la habitación. Ella terminó de recoger la cocina, se sentó en su escritorio y retomó la lectura del escrito. Ya había perdido el hilo de la historia de Mary enviada por Laura. ¿Qué faltaba?

La siesta, como buena hija de español, fue siempre obligatoria. Dos o tres horas después de la comida, se levantaba por un café y se arreglaba para atender sus multiples compromisos sociales: tés, rosarios, reuniones, misas...

La cena era salvadoreña. No podían faltar los plátanos fritos, los frijoles, el pan o la tortilla tostada, la crema o el queso. Y el pan con bolillo y aguacate por la tarde sería uno de los aperitivos que recordarían sus nietos.

De vuelta a la "soltería", se convertiría en un apoyo incondicional para su hija, quien ya tenía tres vástagos y le ayudaba en el cuidado y la crianza. Sería una abuela presente, ejemplar. Así como colgaba un letrero bordado a mano en su cuarto de costura: "Corona de los ancianos son los nietos, y la gloria de los hijos son sus padres". Seguiría cociendo hasta que sus ojos y sus manos ya no se lo permitieran, pasados los 80 años.

Su vejez sería dura por haber sido una mujer independiente y que había gozado de una agenda social saturada. La soledad sería su mayor miedo, siempre. Desde pequeña. "No apagues la luz por si te caes", diría y cuando una de sus amigas le contó sobre la nueva invención de "lucecitas de noche" en forma de mariposa, optaría por poner una en el baño para evitar caídas. Aunque he deducido que era más otra cosa: un miedo más profundo a la oscuridad. Posiblemente por los miedos que le habían inculcado desde pequeña, sobre los espíritus que deambulan por las noches y la necesidad de sentirse siempre acompañada. Tan humano. Tan difícil de aceptar.

Y era por esta razón: por el miedo a la oscuridad y a la soledad que no le gustaban las luces apagadas por la noche. Y mientras estuvo internada en el hospital por diversos padecimientos: tres in-

fartos, luego debido al EPOC y las recaídas que tenía por la enfermedad, dormiría más durante el día que por la noche.

"Abuela transgresora", así la habían llamado en una clase a la que había asistido sobre Métodos Cualitativos de Investigación. Porque se estudiaban paradigmas y prejuicios sociales como "dicen las abuelas que debes casarte joven y ser una esposa ejemplar, tener la comida lista cuando llegue el marido, etc." Y al decir que mi abuela decía lo contrario "No seas tonta, disfruta, no te cases joven" a todos les había parecido extraño y se ganó ese título.

Desde ese día comprendería que fue una mujer adelantada a su época y que disfrutó la vida sin satisfacer los gustos de los demás, más que los de ella. Con esto no me refiero a que fuera egoísta: en su mesa siempre había un plato de comida para quien llegara, avisase o no. Me refiero a que no tenía escrúpulos con lo que decía, era segura de sí, se informaba y estaba al tanto del acontecer mundial. Y se vestía como quería e iba a donde le placía. Y así, se atrevió a vestirse con sombrero y de gala con sus amigas para celebrar la boda real, televisada en todo el mundo desde un país lejano, Inglaterra. Así como planear el cumpleaños 80 de su amiga y disfrazarse de las monjas que fueron sus maestras en el internado para asustar a los asistentes. También fue coronada como Reina de la Playa durante unas fiestas patronales y la sentaron en silla e hicieron un desfile, como se debía, y ella bien puesta en su papel saludaba a quienes vitoreaban al verla pasar.

Todo eso por diversión.

Agustina terminó de leer. La historia era de otro país, posiblemente podría no interesarle al público mexicano. Se quedó pensando para sí misma: ¿cuántos no son capaces de hacerle al payaso por miedo al qué dirán, al qué pensarán, a cómo me avergonzarán? Y entonces se acomodan a una vida simple, menos ruidosa, más tranquila. ¿Más feliz? No sé. No quisiera exponer cómo se debe o no vivir porque al fin y al cabo todos hemos venido a este mundo en condiciones, ambientes, creencias y experiencias distintas que moldean nuestra forma de ser. Pero, lo que sí está claro es que admiro y siempre admiraré la forma de ser de la mujer del relato.

ix.

A la mañana siguiente, Fernando ya había preparado el desayuno: fruta, café recién hecho, chilaquiles con salsa verde y jugo de manzana con jengibre. Él había dejado una nota en la mesa: *Me pasé, disculpame. Te amo.*

Agustina seguía buscando la paz interior, pero era una mujer inquieta e intrépida. Y el hecho de no embarazarse la había retado en este sentido. A veces perdía la paciencia con facilidad y se veía envuelta en emociones que había jurado poder controlar. Fernando le había ayudado a mantener la cordura, la importancia de la paciencia, el amor y que, con esa combinación, todo se puede.

—Ayer soñé con un niño, tendría unos cinco años —le dijo ella.

Fernando se quedó quieto, escuchando.

—¿Qué soñaste?

—Soñé que estaba jugando y que escuchaba su nombre a lo lejos, como que tú lo llamabas.

—¿Cómo se llamaba?

—No lo recuerdo. La escena está borrosa en mi mente.

¿Sería el momento de compartirle a su esposa sus pesadillas constantes que le impedían conciliar el sueño?

—Yo también he soñado con él. Julio. Así se llama.

Agustina se le quedó viendo.

—¿Qué significado crees que tenga?

—No lo sé. Pero durante varias noches me he despertado sudando. Sueño que el niño se pierde en un patio de juegos, lo busco y no lo encuentro hasta que me desespero y me levanto sudando.

—¿Por qué no me lo habías dicho?

—No quería poner más estrés al que sé que ya tienes con todo el tema de ser papás. Y no sé si es relevante.

—Sí, es relevante: te ha quitado el sueño. Ahora comprendo por qué has estado más cansado de lo habitual. Debe tener un significado, sobre todo si lo hemos sentido los dos.

—No lo creo. Solo es casualidad.

—Las casualidades no existen.

—Me tengo que ir, tengo una reunión importante. —le dijo él.

Ella se quedó pensando. Abrió su teléfono y en un grupo vio que había un ofrecimiento de equilibrar los chakras y energías. ¿Y si probaba algo alternativo a la medicina occidental? Anotó el teléfono e hizo una cita.

X.

Estaban en el consultorio del médico. Sentados al lado, sin tocarse, Fernando tenía su rostro serio y Agustina frotaba sus manos sobre su pantalón, intentando limpiar la sudoración de sus palmas de forma sutil.

—Sus estudios no indican alguna deficiencia en el sistema biológico del cuerpo. Considero que con paciencia y amor, pues las cosas se van a ir dando. Muchas veces los embarazos no son efectivos cuando las personas están bajo estrés o centran la relación sexual solo en la procreación. Es más, me atrevería a decir que en cuanto no se piensa en eso, es más efectivo. Es necesario que se relajen, hagan ejercicio, compartan tiempo juntos y pues, creo que con eso bastaría.

Fernando apretó los labios. Agustina sintió un alivio. Había escuchado lo dolorosas que podían resultar las intervenciones médicas de fertilidad y no quería estar envuelta en procesos rigurosos para tener un hijo. Creía que las cosas debían darse de forma natural.

—Podría realizar otros estudios más invasivos, pero por el momento no lo considero necesario.

—¿Qué clase de estudios? —preguntó Fernando.

—En caso que en seis meses no ocurra nada. Espero que si puedan concebir un hijo relajándose y disfrutando, pasado ese tiempo podría darles opciones.

—¿Podría compartirme qué estudios podrían ser necesarios?

—Hormonas, una revisión vaginal del sistema reproductor de su esposa y el suyo, también. Como le comento no le veo necesidad de hacerlo aún.

Saliendo de la clínica cada uno tomó su coche. Solo que ese día él no pudo contener su emoción.

Fernando sintió impotencia, frustración, enojo y tomó carretera hacia Chapala. Aceleraba. Luego, frenaba el coche bruscamente. Un camión le rebasó y por un momento pidió que le colisionara. Aceleró el coche y su auto se derrapó en la orilla de la carretera. Sintió un nudo en la garganta y empezó a llorar. Manejó hasta la ribera de Chapala y aparcó a unas cuadras. Se bajó del coche, el ambiente estaba fresco y caminó por largo rato. Empezó a sentir que su enojo se disipaba, que el aire del lago se lo llevaba a algún lugar. Se sentó en una banca y cerró los ojos: veía al niño, de nuevo. Abrió sus ojos.

¿Quién era ese niño?

Cerró los ojos, pero no lo volvió a ver.

Ese día faltó Fernando, quien no llegó a casa porque se desbordó. No estaba listo para tanto. Demasiada presión. ¿Qué le ocurría? ¿Por qué la dejaba sola cuando no tenía a nadie más que a él en ese momento? ¿Qué le ocurrió? ¿Cuándo se había vuelto su casa el lugar al que no quería llegar? ¿Cómo habían llegado hasta allí?

Agustina intentó no pensar en la ausencia de su marido. Le marcaba sin respuesta, no sabía dónde estaba, ni qué le ocurría. Abrió su computadora e ingresó al blog. Una nueva entrada escrita de una chica llamada Francesca.

En ese momento ya estaba sola, era consciente de cada bocado que daba y escuchaba cómo se trituraba la comida en mi boca. Posiblemente no nos percatamos de esto todos los días y pensaba que hacía solo un par de horas sentía o al menos pretendía sentir que estaba enamorada y ese sentimiento se había esfumado. Llevábamos doce años juntos, era de esos noviazgos que se dan por hecho y que muchos ven con recelo porque forman parte del paisaje, de la cotidianidad, pero son tan disparejos, que pocos lo entienden.

Habían unido las mesas junto a otra pareja que estaba cenando en el mismo restaurante, tal vez para sentirse acompañados. El plato estaba lleno, frente a mí, pero el ambiente vacío, percibiendo los sentimientos que aún existían. Las cosas estaban bien, en teoría todo marchaba bien hasta que surgió una pregunta.

—¿Por qué estamos juntos?

Una pregunta crucial que deberían hacerse las parejas, pero que muy pocas lo hacen. La mirada que resultó tras la pregunta fue menos consoladora y vino la respuesta.

—Por interés, supongo…

Probablemente, años atrás, la respuesta hubiera sido diferente: porque nos amamos y eso hubiese bastado para continuar con la comida y la plática, conversar sobre el día a día y despedirnos con un beso, posiblemente un abrazo y un beso más; porque cuando se está enamorado, un beso no basta.

Ahora era diferente, la respuesta era el interés y a esto le siguió un empujón del plato de comida que estaba enfrente.

—Ya no tengo hambre…—respondió él.

Sí, dijo que se le había esfumado el hambre. ¿Adónde se había ido el hambre por amor, por estar juntos y por compartir la vida entera? En un solo cuestionamiento, en una pregunta cuyo contenido es trascendental, vuelve al hombre vulnerable, a preguntarse el sentido de su existencia. El sentido que busca darle al tomar una decisión, pues al determinar estar con alguien, se decide dar el todo por esa persona… A menos que no se sepa amar.

Ambos sabían que la relación se había enfriado y que no había vuelta atrás: en el auto, de vuelta a casa, sería la última vez que se repetiría la despedida, que dolería aún más o tal vez no. Tal vez no tanto porque se había repetido en innumerables ocasiones el "no estamos hechos el uno para el otro". Decidí empacar mis maletas y mudarme a otra ciudad.

Ahora, después de cinco años puedo escribir que ese fin fue el inicio de un nuevo comienzo. Marcado por tristeza, por arrepentimiento, por desolación. Hace un mes conocí a un chico llamado Alberto que parece ser el amor de mi vida. Estoy abierta a empezar de nuevo, posiblemente porque fui capaz de dejar todo lo conocido a un lado. Sabía que mi antigua relación era tóxica, un vaivén de *emociones que no iba para ningún lado. Puedo contarte la evolución de este nuevo comienzo o relatarte la pesadilla que viví con mi antiguo novio.*

Tú me dices, abro mi vida para poder inspirar tu novela.

Agustina sintió un escalofrío. El texto le provocó una mezcla de todo. Se levantó al baño y se lavó la cara. ¿Por qué le daba miedo que su relación con Fernando se terminara?

La respuesta: por interés, la repetía en su mente, una y otra vez. Aunque si lo vemos fríamente, lo que mueve a las parejas a estar juntas es el interés. En teoría debe ser un interés bueno, basado en nuestros nobles deseos de ser felices y, a la vez, contribuir a la felicidad de la persona amada. Esta era la diferencia en esta historia.

Sentía un dolor en el estómago, como si hubiera comido algo muy ácido que le estuviera perforando dentro. Su corazón se sentía más pequeño. ¿Por qué no la protegía en estos momentos? Fue a la cocina y se preparó un té. Los minutos se le hacían eternos, revisó su celular unas veinte veces o más en una hora. Nada. No sabía nada de él.

Le escribió un mensaje de texto.

¿Dónde estás?

Respiró hondo. Y sintió un nudo en la garganta. Tomó un trapo de la cocina y limpió la cubierta de mármol. Volteó a ver el cielo, no había luna, ¿dónde estaría?

Tu pareja debe empujarte a ser mejor y este deseo nace de la admiración que ambas personas se tienen y por el hecho de ser diferentes, pues, ¿de qué serviría estar con alguien que comparte las mismas virtudes y defectos? En aquel otro caso, las diferencias en lugar de unirlos les estaban apartando y en lugar de fortalecerlos, los estaban debilitando. ¿Podría ser distinto con ella? O, ¿tendría que irse como Francesa lo hizo?

No podía conciliar el sueño.

Y esta vida, tu vida, la mía, ¿por qué nos tocó así? Caminante no hay camino, se hace camino al andar.

Escuchó un ruido como si hubiera explotado un transformador en la calle. Se apagó el aire acondicionado. Suspiró. Aún seguía despierta y sin el ruido del aparato le sería más difícil conciliar el sueño. Suspiró de nuevo. Escuchó un perro ladrar y otro que le contestaba. Pasó un auto con música a todo volumen, ¿quién andaría de fiesta aún? Tomó su celular y gracias a la luz de la pantalla llegó al baño. Se sentó. Se le escapó un gas, luego, pipí. Permaneció sentada un rato. Suspiró. Si fuera otra persona, podría decir que encendió un cigarro, pero no, no fumaba. Aunque la escena, por lo que expresan en los medios, quedaría mejor si lo encendiera.

¿Qué tendría el baño para que todos se sintieran cómodos allí? ¿O será que hay quienes no lo disfrutan?

Pensaba, ¿sería posible sanar todas las heridas? ¿O esas heridas nos hacían ser lo que somos? Sí, eso. ¿Sería capaz de aprender a vivir sin miedos? No, porque el miedo es una respuesta natural que protege de las posibles amenazas del entorno.

Se levantó y salió hacia la terraza. No había luna y en la ciudad se veían las luces de los edificios encendidas.

Buscaba respuestas, como siempre, pero encontraba más negaciones que afirmaciones. ¿Por qué no podía darse de nuevo? ¿Por qué le costaba tanto dar vida? ¿Por qué no, si tantas mujeres y hasta con cargos relevantes para el rumbo del mundo, habían dicho sí a la vida tantas veces? ¿Qué le estaba pasando?

Se acostó y se quedó dormida. Puso llave en la habitación y cuando Fernando regresó a medianoche no pudo entrar, aunque lo escuchó, lo ignoró. Quería salir y abrazarlo, pero, ¿adónde se había ido? No podía solo pretender que nada había pasado. Se quedó dormida pasadas las tres de la mañana y cuando se levantó su marido ya no estaba.

El suceso de esa noche se comprende cuando Fernando se sincera con su mujer.

—Mi padre se refugiaba en su trabajo porque mi madre pasaba juzgándolo todo el tiempo. Tengo recuerdos vagos, pero su relación fue tormentosa, fue hasta el último año que estuvieron juntos que puedo recordar que no peleaban. Mi papá estuvo muy ausente durante mi niñez, en teoría era por su trabajo, pero más tarde comprendí que era porque no se soportaban. Mi madre siempre estuvo al pendiente, pero era muy exigente: conmigo y con él; entonces ambos fuimos muy tímidos en nuestras relaciones, callábamos y obedecíamos. Un año antes del accidente habían viajado a Europa durante un mes y después de ese viaje, su relación cambió: todo mejoró y nunca me había sentido tan feliz como en ese momento. No sé por qué la vida me los arrebató cuando todo iba bien. Creo que por eso me tomó mucho tiempo recuperar la fé y pensar que las cosas sí pueden ir bien.

—He intentado no juzgarte, pero también estoy cansada de todo esto. Un hijo debe unirte, no separarte. El consejo del doctor fue claro.

—Sí, lo entiendo. Busquemos ayuda, no me es posible estar al cien. El sueño con el niño se repite de forma incesante.

—Vi en un grupo sobre alineación de chakras y eso.

—¿Acaso crees en eso? —frunció el ceño— Un proveedor, don Chava, se acercó a mi despacho y me comentó que había ido con una médium tras la muerte de uno de sus hijos y que le había ayudado mucho. La gente se refugia en la fé cuando no tiene capacidad de razonar, ¿sabes? Se atrevió a decirme que posiblemente no tengo hijos porque hay algo relacionado a mi ex esposa o a mis padres. ¿Tú le crees? —hizo una pausa, lo suficientemente corta para no obtener una respuesta— Yo no. Ellos ya están muertos, he podido rehacer mi vida contigo y sus vidas no tienen influencia sobre la mía. Aún no entiendo cómo la gente se entromete en la vida de uno...

Agustina se quedó callada. ¿Qué podía decir? Ella si creía que todo tiene una relación: somos entes espirituales, pero, ¿cómo puede volverse creyente una persona que nunca lo ha experimentado?

—Mañana tienes cita con el doctor. Le llamé y me comentó que podía empezar contigo. Me verá a mí la próxima semana.

—Pero...

—Esto sí va a funcionar. Es algo tangible y real. Y hay que intentarlo, por algo estudian tantos años los médicos.

Al día siguiente se presentó a la cita con el ginecologo. Fernando le dijo que no podría acompañarla porque tenía agendadas reuniones con clientes importantes. Agustina se puso un vestido color crema de botones de lino que le quedaba arriba de la rodilla, pensó que sería más fácil que la examinaran de esa forma, y zapatillas deportivas. No se había maquillado, ese día había salido a correr a la calle antes de la consulta médica, se bañó rápido y llevaba aún el pelo húmedo. Llegó a la clínica. El doctor la esperaba en su escritorio.

—¿Estás lista?

—Sí.

—A ver, necesito que pases a la otra clínica y te desvistas.

Agustina se retiró su ropa. La colocó en una silla. Buscó una bata de las que suelen haber en los consultorios ginecologicos pero no encontró alguna.

El doctor entró. Tragó saliva al verla con ropa interior, su vientre marcaba las abdominales, su ropa interior era beige. Sus muslos delineaban su figura delgada y en su interior sintió que quería desvestirla. Danzar con ella una sinfonía de fertilidad y ...

—Ven —le dijo, señalando la camilla.—Te ayudaré con la ropa interior, a ver, voy a desamarrar aquí atrás.

Ella no supo qué hacer, pensó que era el procedimiento normal. Sintió su exhalación por su cuello.

—Ahora, acuestate —él se sentó en una silla al lado de la camilla y le tocó suavemente los senos—, ¿duele algo?

—No, todo bien.

Con sus manos empezó a examinar su vientre, presionando suavemente. Ella se puso nerviosa.

—Ahora, necesito que te retires el panti.

Agustina lo hizo, con cuidado. Estaba nerviosa.

—Ahora, voy a introducir mi mano —el doctor empezó a masajear sus labios vaginales con suavidad. Ella sintió placer y quiso ocultarlo. —Siéntelo, —le dijo—me permitirá examinarte mejor. —siguió tocándola con suavidad y él empezó a imaginarse adentro de ella, siguió tocándola hasta que su cavidad se abrió más.

Hubo un silencio incómodo. El doctor la vio a los ojos, llevaba su bata puesta.

—Tú eres una mujer joven, ¿haces ejercicio?

—Si.

—¿Cada cuánto?

—Al menos tres veces por semana, salgo a correr.

—¿Bebes?, ¿fumas? —el doctor paró de mover su mano, pero la tenía dentro de ella.

—Bebo socialmente, posiblemente una copa o una cerveza el fin de semana.

—Tu esposo, ¿es mayor que tú?

—Sí.

—¿Cuántos años tiene?

—Cuarenta y dos.

—Tu esposo se nota mayor, posiblemente eso puede estar influyendo en la fertilidad. A medida pasan los años es más difícil ser padres, es lo que está ocurriendo cada vez con mayor frecuencia hizo una pausa y siguió examinandola, la vio fijamente a los ojos— Si gustas, podría intentarlo, quedaría entre tu y yo, ¿quisieras intentar un procedimiento natural?

—¿A qué se refiere? —preguntó ella, incómoda. Mientras él se acercó y pudo comprender sus intenciones—Quíteme las manos de encima.

Él se retiró.

Se sintió quebrada por dentro. ¿Cómo se le ocurría pensar...? Se vistió rápidamente, no sabía qué decir, estaba roja de enojo. Salió de la clínica sin pasar a recepción, encendió el auto y se fue a casa. ¿Le diría a su esposo o sería mejor inventarle otro cuento? ¿Esta era la forma en la que manejaba la fertilidad?

Fernando llegó tarde y parecía no haber tenido el mejor de los días.

—¿Cómo te fue?

—No volveré con ese médico. Me hizo sentir muy incómoda.

—¿A qué te refieres?

—No lo sé. Posiblemente es algo personal, no me cayó bien desde el inicio y prefiero buscar una ginecologa mujer.

—No entiendo.

—Me insinuó que si quería embarazarme de él —lo dijo en voz baja, enojada y avergonzada.

—Hijo de la chin...

—Sí, entonces buscaré una doctora. Mujer. —respondió ella firmemente.

—Nunca pensé.

—Yo menos, creéme.

xi.

Agustina dijo que buscaría otro doctor, una mujer, pero no lo hizo. Pasaron los meses y nada. Empezó a angustiarse días antes que llegara la menstruación y cada mes, el ver la mancha de sangre le recordaba que había algo que no estaba bien. Buscó en su teléfono el número de la persona que había ofrecido sus servicios para equilibrar las energías.

Buen día. Quiero agendar una cita.

Buenos días, nuestra clínica está especializada en biomagnetismo y la primera sesión consta de dos horas que deben pagarse por anticipado para dar un diagnóstico preliminar. Si está de acuerdo puede realizar una transferencia a la siguiente cuenta de banco XXOO987-3 y enviar su comprobante.

Respiró hondo. ¿Qué era lo peor que podía pasar?

En la primera cita la doctora le dijo que notaba algo en su vientre. *Falta de amor. A nivel de órganos solo marca algo en el ovario. No puedo saber con exactitud, pero te recomiendo te realices un estudio médico. Si gustas seguir viniendo te recomiendo que trabajemos el área emocional, posiblemente hay cosas que llevas atadas que necesitas trabajar.*

Agustina siempre había tenido fe y no había comprendido que es lo único que mantiene la chispa de la vida: la certeza de no saber qué ocurrirá, eso está fuera de cualquier control.

Tomó un libro pequeño, lo buscó entre tantos de su cuarto y pidió a Dios, al universo, a la Vida que le mostrara qué le estaba faltando a su pequeña familia en ese momento: fe. Eso decía. No era un libro religioso, sino de autoconocimiento y la definición era: *La fe es saber que lo que venga es para nuestro bien independientemente qué sea. Es decir, la fe es lo contrario a la certeza. Es saber que todo puede ir mal y, aun así, saber que lo que venga estará bien a largo plazo, que lo que venga nos hará mejores versiones de nosotros mismos.*

Se acostó y pidió que les devolviera la fe a ambos. Pidió con fe que les regresara eso de nuevo: su vida, la de pareja, la de familia, de economía, de gustos, de tantas cosas que había realizado por medio de la fe. Ahora sin ella, todos, se sentían perdidos.

Fernando la invitó el siguiente domingo a Chapala.

Después de desayunar fueron a conocer el centro de Ajijic. Un pueblo al lado de Chapala que se ha convertido en hogar para bastantes extranjeros jubilados, sobre todo americanos que han elegido ese lugar debido a su clima templado todo el año y bueno, ¿a quién no le gusta vivir cerca del agua? El ser humano se ha visto atraído por las fuentes de agua desde la antigüedad. Caminaron por el malecón y Agustina quiso entrar a la iglesia.

—Iré a visitar a un cliente de esta zona en lo que entras a rezar.

—Será solo un momento.

—Sí, ese será tu momento y yo tendré el mío.

—Está bien, nos vemos más tarde. ¿Adónde vas a ir?

—Es a unos quince minutos, tomaré un uber.

Agustina entró a la iglesia. Pidió de nuevo por la fé. Por su vida, por la de su esposo, por su relación.

Si estoy aferrada a este hombre y no es mío, quítamelo. Si es mío, si es Tu Voluntad que sigamos, ayúdame a verlo.

Al salir de la iglesia caminó por el pueblo y aprovechó a visitar tiendas de artesanías que aburrían a su marido. Pasaron dos horas.

—Ya terminé. ¿Dónde estás?

—Te mando ubicación por Whatsapp.

—De acuerdo, estaré allí en unos 15 minutos.

Fernando llegó a la ubicación que le mandó Agustina, quien estaba en una tienda de artesanía mexicana. Él entró y la saludó con un cariño que Agustina no había visto hacía semanas. Aunque no entiende, está feliz de verlo así. Lo nota diferente. Su cara compuesta, radiante.

Salen de la tienda. Caminan por el pueblo y él le toma la mano, le da un beso en la mejilla, y la abraza con ternura. ¿Qué ha ocurrido?

—¡Neta, no sabes lo que me ha pasado! —le dice Fernando.

—¿Bueno o malo? —pregunta Agustina, intentando ser prudente.

—Bueno. En primer lugar, no sé por qué tomé un taxi de regreso. Podría haberme venido con mi cliente, pero tendría que haberlo esperado una hora más y algo en mi interior me susurró que era mejor pedir un taxi.

Agustina escuchaba, se habían sentado en una banca comunal frente al parque de Ajijic.

—El taxista me contó su historia: había sido un prominente hombre de negocios de Guadalajara. Al inicio pensé que estaba loco, que si fuera así no estaría manejando un taxi. Me dijo que tenía una casa muy grande en Colinas, ya sabes, son las casas más caras de la ciudad.

Agustina asintió con la cabeza, queriendo escuchar más.

—Dice que su dinero no era lícito, que se prestaba a los negocios que sabemos dejan mucha lana, pero causan más daño. Tenía todo lo que a los ojos del mundo dan valor: dinero, mujeres, alcohol, fiesta y poder. Todas esas cosas a su disposición y claro, su trabajo era bien remunerado porque entre una de las tantas cosas que hacía estaba el desaparecer personas. —Fernando hizo una pausa y aclaró su garganta. Agustina escuchaba y no sabía si la historia tendría un desenlace bueno o malo.—Dice que hace unos diez años todo se vino a la borda: lo metieron a la cárcel por evasión de impuestos, durante ese tiempo comprendió el daño que había hecho. Valoró a su familia, a su esposa, a todo lo que en su momento había despreciado o daba por hecho. Salió de la cárcel hace cinco años y lo único que le quedaba era su casa, el resto lo había gastado en abogados que al final habían logrado acortar su pena. Se consoló pensando que tenía a su esposa y que juntos podrían salir adelante, pero a los pocos meses a ella le descubrieron un cáncer y en ese momento se hundió.

Fernando suspiró y Agustina lo veía fijamente, sus manos ya no estaban juntas, pero quería comprender todo el embrollo y lo miraba fijamente a los ojos.

—Saliendo de la cárcel buscó empleo, pero su nombre estaba tan manchado que lo único que logró hacer era lavar coches y con eso lograba mantenerse y cubrir sus necesidades básicas. Al final, al menos tenía casa y su esposa se estaba tratando en el sistema público. Dice que un día escuchó una voz que decía: *Hasta la casa te quitaré, pero debes tener fe.*

—¿Cómo? No entiendo.

—Sí, dice que escuchó la voz de Dios, según él y que le dijo así. Y al día siguiente le quitaron la casa.

—¿Y entonces?

—Entonces, él le dijo a Dios que sí, que lo que necesitara, él se ponía a sus órdenes y le rogó que le quitara todos sus bienes; pero que le dejara a su esposa. Entonces, Dios le empezó a dar dones de sanación.

—¿Cuando le quitó todo lo material le dio dones?

—Sí, me dijo que para reparar todo el daño que él había causado antes. Y con esos dones y actuando rectamente, logró curar el cáncer de su esposa e inició a curar gente alrededor que se daba cuenta de su poder.

—Y tú, ¿le crees?

—Es que no he terminado. Entonces me dijo que él no sabía quién era yo, pero que Dios lo había enviado para darme un mensaje: Que todo estará bien y que debo cuidarte y atenderte. Te quiero pedir disculpas por no haber estado presente los últimos meses. Me dijo que nuestra familia estaba protegida, que no tenía por qué temer. Que debía tener fe.

Agustina suspiró, ¿serán reales los milagros?

—Tú sabes que yo no tengo creencias religiosas, que me cuesta todo eso.

—Sí lo sé —le dijo ella tomando su mano y besándola con lágrimas en sus ojos.

—Pero me dijo tu nombre, obviamente él no me conoce, solo sabía que me llamaba Fernando, pero me dijo que tenía que cuidar de Agustina, ¿cómo podría saber tu nombre?

—Sí, te creo. Siempre te creo y estoy muy feliz por ti —le dijo Agustina dándole un beso en la mejilla.

Tercera parte

xii.

Su relación había mejorado. Aún no tenía noticias de ser madre, pero dentro de sí sentía la certeza que todo estaría bien.

—Fernando, hoy fui a la panadería y me puse a conversar con la dueña. Se llama Marta y le conté que estaba trabajando en mi próxima novela.

—¿Fuiste por conchas?

Fernando se sirvió un vaso de agua y abrió la caja que contenía las conchas, la vio a los ojos, señal que le pedía que prosiguiera.

—Sí, ya sabes que son las mejores de la ciudad.

—Y son de masa madre —le dijo Fernando con un tono burlesco, mientras se comía una: crujiente por fuera y blanda por dentro.

—El caso es que las últimas veces que había ido no la había encontrado, solo a la dependienta.

—Sí, me habías comentado que ella también era extranjera, ¿cierto?

—Sí, hoy no había mucha gente y tuvimos oportunidad de platicar. Me dijo que su familia había emigrado hace dos generaciones y que su hija, Elena, había tenido una experiencia mística o que algunos tildarían de "loca", años atrás. Me contó sobre su tía, llamada Ivonne, una mujer muy curiosa para su época. Es impresionante. Es como las películas que te hablan sobre la revolución femenina y aquellas que se atrevieron a ir en contra de lo que dictaba la sociedad. Me dijo que, si me interesaba escribir sobre ella, podría conseguirme unas páginas que había dejado escritas su hija y que, si podía investigar más, entonces, armaría una buena historia. Le sacó fotocopias al diario y estas son las páginas. —Le tendió las hojas a Fernando y este empezó a leer para sí. —Fue curioso que las tuviera hoy a la mano, ya ves, coincidencias.

Y eso explicaba sus sueños a inicios del siglo XX y la paz que sentiría al ir por primera vez a la Toscana italiana, con sus amigas, al terminar la escuela. Iba creciendo y se había propuesto viajar tanto como pudiera, se sentía liviana y sabía cómo manejarse en los trenes, encontrar buenas opciones de viaje, así como quién se uniera a ellos.

Fue hasta que conoció a Martín que su vida dio un giro inesperado. Independiente, nunca se había enamorado, solo había salido con un par de chicos en la escuela hasta que conoció a Martín, en uno de sus viajes por Italia.

Había rentado, con unas amigas, una villa en la Toscana italiana que estaba cerca de Montalcino. La villa tenía cuatro habitaciones, se encontraba en medio del campo. Era un paraje mágico: se podían escuchar las ovejas, el sonido de las campanas que llevan al cuello se escucha como una sinfonía cada tarde y el ladrar de los perros que las guiaban se vuelve parte del espectáculo del atardecer. El sol se empieza a poner, pinta de naranjas los viñedos, los pinos, los cerros... Las amigas acompañan este paraje con un vino tinto comprado en la tienda del consorcio de agricultores más cercana. Un vino tinto de cinco euros que sabe mejor que el que ha probado en toda su vida. ¿Qué se puede decir ante tal majestuosidad?

El agua se recogía de un pozo, el cual quedaba a unos diez minutos caminando, en botellas de vidrio que se guardaban en cajas que parecían como un comercial de Zara Home. Todo es hermoso. Hasta el refrigerador de la cocina se había escondido con un recubrimiento que hacía que todo tuviera estilo. Los muebles, cada adorno de la villa hace tributo al diseño italiano, tan reconocido a nivel mundial.

La villa tenía una alberca en la parte trasera con un porche estacionado, al cual lo adornaba una vid que se había trepado sobre los muros de ladrillo, una mesa y sillas desde donde se podía ver el paisaje toscano: viñedos, pinos y montañas que hacían aquel sitio digno de una película de Hollywood.

La calle para llegar a aquel lugar era de tierra y habían rentado dos autos compactos y se habían repartido entre ellos. Eran siete mujeres. El número del infinito, el que significa mucho y nada. El que no tiene inicio o fin, porque posiblemente saldrían con uno o más después de ese viaje.

Todas tenían más de 21 años. Y estaban a punto de terminar su carrera universitaria. Sus padres habían accedido a pagar ese viaje como despedida de su juventud y el devenir de su futuro. Habían llegado a Roma, donde habían estado dos días recorriendo la ciudad y comiendo pizza, pasta, jamones, conservas italianas. Las comidas se alargaban durante horas y el segundo día tuvieron que sacarlas del restaurante donde estaban cenando porque no paraban de reír y no se percataron de la hora.

Estarían por siete días recorriendo diversos pueblos de la Toscana y luego regresarían a México. Ese era el plan. El tercer día habían tomado un tren a Florencia donde habían rentado los autos para llegar a la villa. Elena lideraba uno de los autos y sugirió que fueran a San Gimignano el primer día. Le habían recomendado mucho ese pueblo. Sus amigas asintieron.

Elena conoce a Martín, es el mesero que las atiende durante la comida y siente un cosquilleo al verlo. Es un italiano apuesto y todas las jóvenes están cautivadas por su carisma y talante. Elena va al baño y no puede parar de pensar en Martín. Nunca había sentido algo parecido y mientras se lava las manos se da cuenta que es el mismo muchacho que aparece en sus sueños de forma recurrente, pero no se atreve a decirle. Él queda flechado por ella, la espera afuera del baño y le pide volver a verla, pero ella se niega. Le teme al amor o a creer que un sueño pueda significar algo.

No sabe por qué se niega a darle su teléfono. Posiblemente está suficientemente bien con sus padres y amigas y no necesita complicarse la vida. Él logra que una de sus amigas le pase el Instagram de ella y empieza a seguirla. La convence de salir a cenar al día siguiente: Tengo algo importante que mostrarte, pude ver en tus ojos que sabes lo mismo que yo.

Elena le dice a sus amigas que saldrá con Martín y todas se emocionan. La recoge en una vespa color menta al atardecer, sus amigas están viéndolos por la ventana, ella lo agarra por la cintura y siente que ya lo conoce. ¿Qué le está pasando? Llegan a Montalcino, en la provincia de Siena que se encuentra a unos 30 minutos de la villa. Es un pueblo hermoso, rodeado por una fortaleza. Martín le ayuda a bajar de su vespa y se quitan el casco. Caminan entre las calles empedradas preguntando cosas comunes: qué haces, por qué decidieron venir a Italia, etc. Hablan en inglés, español e italiano, alternando idiomas para lograr entenderse y se ríen. Mucho. Nunca se había reído tanto en una tarde. Y sonríen, hasta las mandíbulas les duelen. ¿Así se enamora la gente?

Ven el atardecer y Martín la lleva a cenar a una Trattoria que la atiende la madre de uno de sus amigos de la infancia. Tiene cuatro mesas el lugar y huele a vino, tomate, hierbas italianas y aceite de oliva. Elena pide una pasta con salsa de tomate. La mejor que se ha comido en toda su vida. Martín pide una pasta arrabbiata. Piden dos copas de vino local, Montalcino es el lugar donde se producen los vinos más afamados de Italia.

—Elena, desde el momento en que te vi, sentí un nudo en mi estómago, algunos podrán decir que eran mariposas en el estómago.

Ella no responde. No sabe qué decir. Toma un sorbo de vino y le mira fijamente a los ojos, siente que sus ojos se llenan de lágrimas. Intenta desviar la mirada, pero no puede. Sus ojos brillan y le da pendiente que se le suelte una lágrima y él pueda entrever sus sentimientos. Siente, aunque no quiere. Quiere, pero no quiere.

—Nos conocemos desde hace mucho tiempo, —continúa él—te anduve buscando durante mucho tiempo, pero llegué a pensar que era solo mi imaginación. Te he soñado muchas veces y cuando te vi hace dos días recordé todos los sueños que he tenido contigo.

—No sé qué decirte —contesta ella y habla lo menos posible para que no se le escapen las lágrimas de sus ojos.

—Falta el postre —le dice él. —Luego, quiero mostrarte algo.

De postre, comparten una panna cotta con mermelada de frutos rojos. El dulce alivia la garganta de Elena y al terminar Martín le dice que lo acompañe a la fortezza, caminan por las calles empedradas y la Luna se asoma, alumbrando los viñedos y dando claridad a la noche. Llegan a la fortezza a la medianoche.

—Es la primera vez que te veo en esta vida.

Él saca una pequeña campana, la toca tres veces, ve cómo se forma un dodecaedro, la forma que Platón había descrito como representación del universo: doce pentágonos regulares superpuestos que formaban una figura tridimensional y que cada vez iba haciéndose más grande hasta que los atrapaba en otra dimensión: algunos pueden llamarlo portal, otra dimensión o como se quiera, pero ella logra verse como lo hizo en sus sueños:

Estaba en España, su padre era el ministro del imperio Otomano y su madre había fallecido años atrás, al dar a luz al último de sus hermanos. Ella va a una escuela francesa y de camino a la escuela coincide con Martín, hijo de un amigo diplomático de su padre, mantienen conversaciones sobre los libros que leen y forjan una cercana amistad.

Ambos están jóvenes y ella le dice a él que quiere seguir estudiando, pero su madrastra busca casarla para deshacerse de ella. Su padre no lo permitiría. Siente angustia por dentro, ¿qué le ocurre?

Está en su habitación leyendo un libro de poesía francesa cuando la doméstica toca a su puerta y le dice que su padre la espera en la sala dorada, esa habitación que utiliza para recibir a las visitas de estado, de la que cuelgan unas cortinas gruesas con telas traídas de medio oriente, en tonos mostaza y líneas doradas. El sillón forrado en tela otomana, con adornos rebuscados y estampados que no se encuentran en Europa, a menos que seas muy importante o que tengas acceso a bastante dinero, para conseguirlo a través de los comerciantes que viajan desde medio oriente.

Allí está frente a su padre y un muchacho de semblante árabe. Su padre le dice algo que no acaba de comprender.

—Él será tu prometido. Ha venido a pedir tu mano.

Ella se calla. No sabe qué decir. Quería seguir estudiando. Se le hace un nudo dentro, quiere huir; pero, no puede, siente que su cuerpo le pesa.

—Está en España de pasada y te llevará a México. Dice que tendrán una buena vida.

Ella calla, mira a su padre en negación y su madrastra, esa mujer que la rechazó desde que entró a su hogar, le susurra algo a su padre que esta vez logra comprender: No debes preguntarle, si él quiere su mano, debes dársela, al final tú eres su padre.

Ella le mira y no tiene opción. Ya lo acordaron. ¿Y Martín? ¿No lo volverá a ver? De allí en adelante todo parece un sueño…La empleada doméstica empaca sus cosas, sus libros y vestidos en tres maletas grandes. Tiene pocos días para despedirse, sus ojos están apagados, ya no brillan. Martín está fuera de la ciudad y no logra despedirse.

Llega a América, desembarcan y su prometido intenta conquistarla, pero ella siente que le ha robado su vida, su futuro, sus amigos. Todo pasa muy rápido.

Llega a una ciudad muy pequeña, las calles son de tierra y no hay libros. Las mujeres tienen muchos hijos: decenas o más. Ella tiene doce hijos. Le dicen loca en el pueblo porque lee y porque no está de acuerdo con todo lo que predica el sacerdote. Le dicen hereje porque tiene dudas, porque se pregunta, se siente encarcelada en su propio hogar, se imagina a veces qué pudo haber sido si se hubiera quedado en España: la guerra, ¿qué más? Aunque su marido ha hecho excepciones con ella: cada uno duerme en su habitación y le consigue libros con comerciantes que pasan por el pueblo, sigue sintiendo un vacío por dentro.

Su hija, la más querida, falleció a los 15 años. La niña solía quedarse en trance en las comidas y, aunque busca reconectar con ella a través de brujas, chamanes y ritos que encuentra en sus libros, le es imposible realizarlo. ¿Comprende o no el dolor de esa vida?

La visión se desvanece. Blanco. Regresan. Martín la toma de la mano. Ve el reloj y solo ha pasado un minuto, ¿cómo pudo ver tanto en tan poco tiempo?

—*Allí estábamos. ¿Nos viste?*

Elena no puede hablar. Su mente empieza a dar mil vueltas, a sacar miles de conclusiones. ¿Qué ha ocurrido? Él la ve fijamente y la besa. Ella lo toma del cuello y lo vuelve a besar. ¿Cómo puede estar besando a un desconocido? ¿Qué le ocurre?

Regresan a la villa, sus amigas ya están dormidas. Son casi las dos de la mañana y no quiere separarse de él. ¿Cuántos años han tenido que pasar para volverse a encontrar? El día siguiente él vuelve por ella y sí, los días restantes se la pasa con él, poniéndose al día, conversando sobre su vida.

Han seguido en comunicación por medio de mensajes y pronto se reunirán en el sur de España.

—¿No crees que algo así pudo pasar: que alguna mujer de tu linaje tuvo que sufrir mucho en sus partos y tener tantos hijos que ahora huyes de la maternidad? —le dijo Fernando a Agustina cuando esta terminó su relato.

—Posiblemente. Pero, ¿el relato te parece interesante? Resulta que la historia de la tía Ivonne coincide con lo que vio Elena en ese trance, quien desconocía sobre ella hasta hoy. Le contó a Marta hasta con miedo que pensara que había probado alguna droga, pero Marta se quedó estupefacta. —Hizo una pausa— Hasta puede explicar lo que muchas personas siguen creyendo, ¿no crees?

—¿Qué cree la gente?

—Que la ciencia está peleada con la religión, pero no es cierto. Somos humanos y cada vez hay más descubrimientos de por qué sentimos lo que sentimos, sobre los secretos que encierran las emociones. ¿Hasta qué punto heredamos las emociones de nuestros antepasados o podemos coincidir con personas que posiblemente conocimos vidas antes?

—Sí, es interesante. Tienes que hacer un trabajo más arduo de investigación. Creo que puede llevarte a conclusiones interesantes. Pero, no creo que vaya por allí la historia, más bien dices que repetimos patrones o nacemos con ciertas inclinaciones debido a historias familiares pasadas, ¿cierto?

—Sí, pero necesito investigar más —le dijo Agustina y se quedó pensando en lo que Fernando había dicho, ¿qué si su miedo de ser madre era heredado por alguna experiencia traumática en su linaje? Al final, la psicogenealogía estaba tomando relevancia en la época actual y había suficientes indicios sobre eso. Tenía que trabajarlo.

—Esa historia podría ser bestseller, ¿no crees?

—Sí, podría ser. Y una cosa más: falleció su hija más querida y aunque intentó contactar con ella usando, digamos, —hizo una pausa y tragó saliva— magia negra, no lo logró. También me comentó que en la familia siempre contaban que su biblioteca se había prendido en fuego, cuando falleció. Tal vez ella sí estaba peleada con todo lo bueno y recurrió más bien a otros asuntos…

—Suena interesante.

—Y el relato de la hija en ese momento podría explicarse como un trance espiritual porque dicen que se quedaba como dormida y veía a Jesús. En la actualidad, podrían haberle descubierto una crisis de ausencia, predisposiciones genéticas que generan convulsiones; es decir, la función cerebral se altera y si esto ocurre con frecuencia eventualmente puede haber una muerte cerebral y eso explicaría su muerte temprana.

—Sí, por eso muchos dejan de creen en los milagros.

—Podemos explicar lo de la hija de forma médica, pero lo que vio Elena junto a Martín no tendría explicación científica aún.

—En lugar de haber más respuestas, a medida que avanza la ciencia me parece que tenemos más preguntas... En fin.

—Más respuestas y más interrogantes. De igual forma el hecho de probar genéticamente que heredemos experiencias confirma la existencia del alma; es decir, el ser espiritual del humano.

—Su historia si está interesante en realidad. Pero, ¿la historia de Mary? ¿No crees que puedes ahondar más con alguien que sí conoces?

—¿Crees que fue justo para ella? —le preguntó Agustina sumida en sus pensamientos, mientras preparaba dos tazas de té.

—La justicia es difícil de definir —le contestó él.

—Es dar a cada quien lo suyo. Esa es la definición. Pero hay quienes deben vivir situaciones extremas, de rechazo, de abuso, de aprender a tolerar porque no tienen opción…

—Siguen teniendo la opción de cómo tomárselo: —le contestó él— Si aprender de ello o si quedarse sufriendo.

Ella suspiró mientras se sentaba y colocaba las tazas en la mesa, una frente a otra.

—¿Por qué nos cuesta comprender tanto esto? —prosiguió cuando se sentó.

—Porque es tomar responsabilidad. Sí, hay quienes siempre vivirán en la cueva y se imaginarán sombras, objetos y situaciones que son meros reflejos, como decía Sócrates. Hay otros que saldrán a la luz, aunque al inicio les ciegue.

—Claro y perdonar. Sí se puede. Eventualmente desaparece el dolor —le dijo Agustina tomando un poco de té que se había preparado en una taza de cerámica en la que se dibujaba una mariposa— y mientras entendemos esto, bebemos té en tazas de mariposa o le buscamos el lado bello a la vida, para que la haga más llevadera.

—Nos ocupamos, trabajamos o nos llenamos de actividades. Es difícil enfrentar el dolor y la verdad.

Fernando se levantó y le dio un beso.

Es difícil enfrentar el dolor y la verdad. ¿Había ella enfrentado el dolor y la verdad o andaba buscando una historia para encontrar algún sentido a la vida y dotar su existencia de algo más significativo? El té se había enfriado. Sintió un escalofrío dentro. ¿Será que todos estamos en la cueva de Sócrates? Se levantó y se tomó el té frío. Lavó las tazas y suspiró de nuevo.

Se dirigió al dormitorio y le tomó mucho trabajo conciliar el sueño: ¿Sería real aquello o solo un producto de la misma imaginación de Elena? ¿Por qué lo había escrito en tercera persona?

xiii.

De resolución de año nuevo, Fernando y Agustina se habían propuesto hacer ejercicio. Realizaban una rutina siguiendo un programa de una App y al finalizar, hacían el estiramiento y una pequeña meditación. A veces la meditación consistía en cerrar los ojos y dar gracias por tres cosas. Otras veces buscaban alguna guía en internet y colocaban el audio mientras se recostaban sobre el mat.

Agustina agradecía por su pequeña familia, Fernando, por su mujer y su trabajo, por todo lo que habían logrado hasta el momento. En una de las meditaciones guiadas, el guía pedía cerrar los ojos y vislumbrar un elefante. El elefante, en las culturas asiáticas, está asociado con la protección, la inteligencia y la buena suerte.

Cerró los ojos. El guía pedía que vieran una parte del elefante. Agustina vio el ojo del elefante cada vez más cerca, se abría y se cerraba. El ojo en su mente fue acercándose hasta que sobrepasó al interior de este mamífero y dentro de este logró ver a una criatura que se gestaba en el vientre: vio un elefante bebé que se formaba en el vientre de su madre. El guía les pedía inhalar y exhalar.

Agustina sonrió.

Le gustaba estar allí y ver a la criatura en posición fetal dentro del vientre de su madre. El guía pidió respirar de nuevo y que ahora vieran otra parte del elefante. En su mente se transportó a la cara de la madre que sonreía. Terminó la meditación y seguía con una sonrisa en su rostro.

Se quedó pensando. Y buscó en Google: ¿Qué significado tiene el elefante? Y encontró la siguiente respuesta: *Los elefantes muestran sus sentimientos y, para ellos no hay amor más grande que el de una madre y su hijo. El lazo entre la elefanta y su cría es uno de los más fuertes del mundo animal y, a diferencia de otras especies, se extiende más allá del tiempo de crianza y puede durar para toda la vida.*

El lazo madre e hijo. Nuestro cerebro "mamífero". Ese lazo que se crea desde la fecundación y que se va reforzando a medida que pasa el tiempo.

Fernando cerró los ojos y en lugar de ver al elefante vio de nuevo al niño subiendo por unas escaleras. Empezó a sudar frío. Abrió los ojos y vio a su esposa sonriendo.

—Me gustó esta meditación.

Él no respondió, siguió pensando en el niño.

—¿Qué te ocurre? —le preguntó ella.

—Sigo pensando en el niño.

—¿Y si contactas a la médium?

—Puede ser una opción.

—¿Qué es lo peor que puede pasar? Creo que puede ser una oportunidad para saber si tiene alguna relación con..., ya sabes...

xiv.

Fernando agendó cita con la médium, llamada Fátima, se la había recomendado el proveedor. La casa de Fátima era una casa de dos pisos, ubicada cerca de ciudad del Sol. Había un recibidor con dos sillas y una mesita en medio que exhibía unas estatuas de ángeles. La sala constaba de un sillón color marrón e imágenes de hadas y ángeles en la pared.

—Hola Fernando.

—Hola —dijo él y estaba nervioso.

—¿Es tu primera vez?—le dijo ella. —Siéntate y relajate. ¿Gustas agua, té?

Él tomó asiento.

—¿Gustas agua, té?

—No, gracias.

Ella encendió una vela que estaba en una mesita de mármol blanca y se sentó frente a él. Él no pudo sostener su mirada. Cerró los ojos e inspiró.

—Todos somos seres espirituales y la dimensión terrenal es aquella en la que estamos los seres vivos. Tú y yo estamos en la tercera dimensión y mediante practicas de meditación se puede aprender a escuchar a los seres que ya no se encuentran aquí y han trascendido. —hizo una pausa.—Dime, ¿por qué has venido?

—Trabajo desde hace varios años con Chava. Es mi proveedor. Él me recomendó que viniera.

—Lo recuerdo, nos conocimos hace muchos años. ¿Qué ha sido de él?

—Está muy bien, ya superaron la pérdida de su hijo. Me confesó que haber venido le había dado tranquilidad.

—Me alegra escuchar eso. Y, ¿qué razón te trae por aquí?

—He tenido sueños recurrentes con un niño.

Ella se sentó frente a él. Lo miró fijamente a los ojos.

—Me puedes dar tu nombre y fecha de nacimiento.

—Sí. Fernando Macías Reyes.

—Fecha de nacimiento.

—8 de noviembre de 1979.

Ella cerró los ojos. Hubo silencio. La vela alumbraba las imágenes de ángeles que adornaban las paredes y los muebles. Reparó en un hada que parecía verlo. Tenía el cabello rizado y sus alas extendidas, las mejillas rojas y sonreía con los labios apretados. Sus ojos eran castaños. Era una figura de cerámica.

Suspiró, mientras su interlocutora tenía los ojos cerrados y parecía no estar en esta dimensión. Sintió que el hada lo veía y volteó hacia otro lado.

Pasaron un par de minutos que le parecieron eternos.

—Tu hijo —le dijo.— Él es un ángel, pero tu esposa nunca te lo dijo.

Él se quedó perplejo. Sintió que le recorría algo frío dentro de sí y que un peso que sentía sobre el cuello se desvanecía.

—Su muerte fue repentina y le tomará un tiempo irse. Puede ayudar la oración y lo que tú creas de forma religiosa para que pueda trascender.

—¿Quieres saber algo más?

—El niño...

—Él es un alma pura. Los niños no tienen ataduras, los adultos sí.

—¿Algo más?

—Es todo. Gracias.

Fernando salió de la casa. Abrió la puerta de su automóvil. Una parte de él le creía a la médium, otra buscaba razones para no creer: No es posible que estuviera embarazada. Cuando le plantearon hacer la biopsia se negó, ¿por qué querría saber más? Ya había pasado tanto tiempo desde aquel día. Viajó, escaló montañas, terminó rutas, fue a terapia, sanó, ¿por qué retrocedía en el tiempo?

Desde que Estela falleció, guardó una caja de cartón con documentos personales de ella en su closet, pensó que algún día podría esculcarlos. Le tomó mucho trabajo sacar su ropa de casa, sus zapatos, raquetas, pelotas... ocuparon más de un año su casa hasta que su terapista le recomendó que debía deshacerse de todo. Le ayudó una prima de Estela a hacerlo. Él no se atrevió. Lo único que conservó era esa caja decorada en la que ella guardaba sus tesoros, como solía llamar. La caja seguía guardada entre unos cajones de su closet.

Al llegar a casa buscó la caja, su corazón palpitaba y Agustina estaba en la cocina.

—Agustina, ¿has tomado una caja de cartón que tenía guardada en mi closet?

—¿Qué caja?

—Una caja pequeña, bueno, era una caja como de zapatos color caja. —se notaba agitado y nervioso— Color café.

—No, nunca tomo tus cosas. ¿Cenamos?

—No, ahora no. Más tarde. Necesito encontrar la caja.

Fernando fue a su closet. Abrió sus cajones y encontró sus calzones, calcetines, ropa deportiva. Fue al baño y buscó abajo del lavamanos y no encontró nada. Su closet tenía un lugar para guardar maletas hasta arriba.

—¿Qué ocurre? —preguntó Agustina.

—Nada, necesito encontrar esa caja.

En el área de servicio tenían una pequeña escalera que utilizaba para acceder a la parte superior del closet. Fue por ella. Agustina suspiró, siviéndose un vaso de agua mientras su marido vagaba con insistencia buscando una caja cuyo contenido y urgencia desconocía.

—No entiendo la urgencia.

—Mucha urgencia. Ayúdame a buscarla. Es una caja, pequeña o mediana. La tenía por algún lado.

—Cuando buscas con insistencia algo, no lo encuentras. Es mejor esperar a que te pase el nervio y con calma la podrás encontrar.

—Ayúdame —le insistió él.

—Cenamos y te ayudo.

—No lo entiendes.

—¿Qué cosa?

—Necesito esa caja.

—Fernando, cálmate, ¿sí? ¿Quieres contarme algo?

La vio a los ojos. Ella ya tenía puesta su ropa de dormir: una camiseta floja larga. Estaba desmaquillada. Él suspiró y se le llenaron los ojos de lágrimas.

—Fui con Fátima.

—¿Quién es ella?

—La médium.

—Y, ¿qué te dijo?

—El niño, era mi hijo.

—¿Cómo?

—Sí, eso dijo. Una parte de mí quiere creerlo y otra necesita pruebas.

—Puedes preguntarle a una amiga íntima de ella, ¿podría haber sabido algo?

—Tengo mucho tiempo sin contactar a sus amigas, nunca fui cercano a su gente. Ella era muy reservada.

—Creo que puede ser una opción. ¿O por qué necesitas encontrar la caja?

—Porque allí guardaba sus secretos y tesoros, no lo sé. Tal vez es mejor contactar a su mejor amiga. Creo que se mudó a España. Estará dormida a esta hora y solo la tengo de contacto en redes sociales, se me hace horrible preguntarle por ese medio.

—Puedes pedirle un teléfono o un correo electrónico. ¿Quieres que haga eso por ti? Puedo escribirle yo, si gustas, dame su nombre y la busco.

—Sí, es ella: Elisa Escobar.

—Déjame mandarle un mensaje, le diré que soy tu esposa y que necesitas preguntarle algo sobre Estela.

—Gracias.

Fernando la abrazó.

—Llorar está bien, ¿quieres que pidamos juntos por el bebé?

—Fátima dijo que ellos son almas puras, más bien por ella.

Oremos por ella, ven.

Agustina contactó a Elisa el día siguiente y le contestó unas horas después. Le preguntó si podía llamarle y le preguntó si ella sabía algo sobre un embarazo de Estela. Fernando llegó al final de la tarde a casa, Agustina terminaba de preparar la cena.

—Elisa me contestó. Dice que no sabe nada sobre eso, que meses antes del accidente ella se marchó a España y que dejaron de hablarse. Me aconsejó preguntarle a Fernanda, otra amiga de ellas. Resulta que me dio su teléfono y le llamé.

—¿Y?

—No me contestó. Entonces le escribí un mensaje de texto. Le conté que era tu esposa, que sabíamos que ella había conocido a Estela muy bien y quería preguntarle si sabía si estaba esperando un hijo. Esta fue su respuesta.

Hola Agustina, te conozco, aunque tú no me conoces a mí. Estela fue siempre muy reservada sobre su vida privada y que yo sepa nunca pudieron concebir un hijo. Es lo único que sé.

Fernando suspiró.

—Es cierto, siempre fue muy reservada con su vida privada. Era una de las cosas que más me gustaban de ella. Su capacidad para afrontar la vida sin hacer ruido.

—Y ahora te busca en sueños porque quiere decirte algo. ¿Por qué no le crees a la médium?

—No lo sé. He escuchado tantas cosas, que mienten, que juegan con tus sentimientos. Todos queremos respuestas, ¿sabes?

—Sí, pero si la respuesta te da una clave sobre algo que has vivido. Si te da paz, ¿es bueno?

—No me dio paz.

Oraron, muchos días, hasta que el sueño desapareció y Fernando empezó a descansar mejor. Pidió por el alma de su primera esposa, y aunque al inicio le inquietaba pensar en ella de nuevo, después de unos meses sintió mucha paz. Creyó que ella había logrado llegar a otra dimensión, posiblemente. O su amor había trascendido de alguna forma que le ayudó a desprenderse de cualquier sentimiento que le ataba aún a ella. Comprendió, perdonó, dejó ir. De nuevo.

XV.

Agustina asistió a su segunda terapia.

—Haré un ejercicio contigo. ¿Has hecho alguna vez una regresión?

—No, ¿de qué se trata?

—Es dar otra interpretación al subconciente. Una de las primeras cosas que se trabajan es nuestra experiencia desde que estamos en el vientre de mamá. En los últimos años se ha hablado con más frecuencia de nuestra "voz interior" que es en realidad lo que nos dijeron desde niños y que nosotros interpretamos como nuestra verdad. Muchas veces nuestros padres nos dicen "medias verdades" y nos comunican de acuerdo a sus creencias, es parte de madurar el cuestionar esto e irnos poco a poco liberando de patrones negativos. Claro está que muchas cosas son positivas, pero otras no. Ponte cómoda y cierra los ojos.

Agustina cerró los ojos e hizo como le indicó la doctora. Respira hondo y coloca las manos en tu corazón. Sintió que su pecho y su mano ardían y abrió los ojos.

—¿Por qué abres los ojos? Necesito que te concentres. Aprende a respirar profundo.

Sintió el estrés de su madre cuando su padre le dijo que tenía que mudarse a Estados Unidos por un tiempo, que le estaría enviando dinero y eso les daría holgura económica en el mediano plazo. Su madre estaba embarazada, pero aún no lo sabía. Se enteró días después tras la marcha de su padre. Sintió un nudo en su estómago y que le ardía su mano que tenía sobre su corazón. Llegó en un momento inoportuno. ¿O era el adecuado? Comprendió que al ser la quinta hija, su madre tenía cuatro hijos más a su cuidado y que el tiempo era limitado. Sintió cómo se le cerró la garganta y empezó a llorar.

—Repite tras de mí —le dijo la doctora.

—Madre, gracias por darme la vida. Gracias por traerme al mundo.

—Madre, gracias por darme la vida. Gracias por traerme al mundo —repitió sollozando.

—He venido a este mundo a aprender. Y sé, que tú también, estás aprendiendo.

—He venido a este mundo y tú también, estás aprendiendo.— repitió.

—Te amo y comprendo tu angustia.

—Te amo y comprendo tu angustia.

—Gracias por darme la vida.

—Gracias por darme la vida.

Abrió los ojos y sintió que se liberó algo dentro de sí.

Al salir de la clínica, sintió por primera vez el deseo de ser madre. Estaba lista. Buscó en google: ginecologa guadalajara. Agendó la primera cita.

xvi.

Fernando había adquirido algunas bodegas cercanas a su negocio para aumentar su capacidad de almacenamiento y comprar el volumen que requerían los proveedores para tener un precio competitivo. Cuando tomó el negocio veinte años atrás, su padre estaba muy endeudado y le tomó muchos años alcanzar la liquidez para no depender de deudas con bancos y prestamistas. Fueron años duros que valieron la pena.

Era un miércoles. Se encontraba en su oficina realizando pagos cuando su asistente llamó al teléfono.

—Lo busca el señor Gerardo Paredes.

—Dígale que pase.

Su oficina era oscura con vidrios polarizados. Se podía ver perfectamente de adentro hacia afuera, pero no al contrario. Tenía cámaras para llevar control de los despachos, cajas y entrega de proveedores.

—Hola Gerardo, mucho tiempo sin verte.

—Hola Fernando, si, pasé a darme una vuelta.

—¿Cómo está tu padre?

—Falleció hace unos meses.

—Lo siento mucho. No me enteré.

—Fíjate que vengo a comentarte. Recuerdo que tu padre y el mío hacían muchos negocios.

—Sí, lo recuerdo.

—Mi padre me comentó que cuando falleció tu papá, que Dios en gloria lo tenga, le debía mucha lana.

—Sí, así fue.

—Mi padre no era muy ordenado y quería preguntarte cuánto es el saldo pendiente. Sé que eres una persona de confianza, a poca gente mi padre le prestaba. Es más, ni a nosotros sus hijos nos prestó y con tu papá fue a todo dar.

Gerardo era hijo de un ex socio del padre de Fernando. Cuando sus padres murieron le debía mucha lana y le fue pagando con intereses. Le tomó casi una década completar el pago.

—La deuda la saldamos hace poco más de diez años.

—¿A poco?

—Sí.

—Contaba con algo de dinero para poder liquidar unas deudas.

—Tengo los comprobantes, si te late puedo compartirtelos. Los tengo que buscar entre todos estos papeles —dijo, señalando un archivero de metal negro que se encontraba atrás de su escritorio.

—No hace falta, pero si quieres hacerlo, adelante.

—Mi palabra vale mucho. Prefiero entregarte copias de los documentos a quedar como deudor.

—La próxima semana paso a saludarte —le dijo Gerardo.

—Siento mucho la noticia. Te tendré los documentos para que los revises la próxima semana.

Empezó a buscar en el armario y en el último cajón vio la caja que había estado buscando. Posiblemente cuando se mudó de la casa que compartía con Estela había llevado la caja a su oficina. Algo se le removió dentro de sí. Sacó la caja, tenía polvo.

Respiró hondo. La abrió. Había un sobre encima con el nombre de Fernando. Abrió el sobre y había un papel doblado.

Empieza una nueva aventura. Ya quiero conocerte papá.

Había una foto de una ultra con la fecha del día antes del accidente. Sintió una mezcla de emociones. Cerró la caja. No estaba listo para leer o saber más.

Cogió el teléfono y llamó a su asistente.

—Tendré que irme.

—¿Pasa algo?

—No, si alguien me busca dígales que regresen mañana.

Guardó el sobre en su bolsa. Tenía que decírselo a Agustina, ¿o acaso ella sí le había creído a la médium? Agarró las llaves del auto, temblaba. Se sintió como que flotaba.

Era niño. Y el nombre, Estela siempre dijo que si era varón quería que se llamara como su abuelo: Julio. Respiró hondo. Manejó hacia el bosque de la primavera.

Aparcó el auto y caminó. Caminó largo rato sin parar hasta que llegó a un risco donde se veía toda la ciudad. Se sintió lleno de vida. La noticia le indicaba que la vida era posible. Que si era fértil.

Regresó a casa. Se sentía feliz. Podrían planear un hijo. Agustina podía revisarse. Tenía que decírselo de forma sutil, amable, amorosamente.

—Mira lo que me encontré —le dijo él, sacando el sobre de su bolsa. Agustina estaba en la cocina preparando la cena.

—¿Qué cosa?

—Tengo un hijo.

—¿Cómo?

—La médium tenía razón. Fui papá, entonces podemos serlo. Podemos ser padres: tú y yo.

Ella lo abrazó.

xvii.

—Tengo que realizarte un estudio. Me parece que tienes las trompas tapadas. Esto impide que haya fecundación.

Agustina escuchó y no dijo nada.

—Tendré que hacer una laparoscopia, es una intervención menor para confirmar el diagnóstico.

—Y en caso que si sea eso.

—Hay formas de destaparlas. —la doctora hizo una pausa y la vio a los ojos— Se realiza una histerosalpingografía, es un poco doloroso pero efectivo. Es un procedimiento radiológico que tiene como objetivo valorar la morfología de la cavidad uterina, los contornos del endometrio y la permeabilidad tubárica, siendo este último factor responsable de entre 25 y 35 por ciento de las causas de infertilidad.

Agustina escuchaba atentamente.

—El procedimiento debe ser realizado en la primera mitad del ciclo menstrual, es decir 7 a 10 días después del inicio de la última menstruación. Además, se recomienda no tener relaciones sexuales sin protección en ese ciclo, lo que asegura que no exista un embarazo. —a doctora hizo una pausa y escribió en su computadora—Los estudios realizados en la segunda fase del ciclo pueden dar lugar a falsos resultados. ¿Cuándo te toca el siguiente periodo?

—En cuatro días.

—Entonces te veré entre siete y diez días después del inicio de tu menstruación. Necesito que llames a la clínica en cuanto empiece tu periodo y agendes. Si no tengo citas disponibles, dile a la secretaria que es urgente y que te abra un espacio.

—Está bien.

xvii.

Cuatro días después apareció el sangrado. Tomó su teléfono y llamó para agendar la cita con la doctora. Se sentía feliz.

El procedimiento fue doloroso, pero la doctora explicó que en esos días se podía dar el embarazo. Fueron unos diez minutos de dolor, pero se emocionó con la posibilidad de dar vida.

¿Ha llegado el momento o aún no? Escuchó una voz interior que le decía: todo en orden, a dar vida. El hombre hará lo suyo.

—Estoy lista —le dijo Agustina a Fernando.

Fernando la tomó por la cintura y la vio fijamente a los ojos.

—¿Qué te dijo la doctora?

—Que todo está en orden. Que podemos intentar cuando queramos.

Agustina estaba decidida a dar vida. El miedo se había disipado y había intentado trabajarlo, aceptar que no podía controlar todo y que la vida era un regalo.

Fernando preguntó a las dos semanas.

—¿Aún no?

—Paciencia.

—Lo único que digo es que, si lo queremos, si lo añoramos, hay que ponernos a trabajar.

Ella lo besó y él sonrió. Hicieron su trabajo y a esperar. Llegó el día en que aparecía usualmente la mancha roja y no llegó. Fue a una farmacia por una prueba rápida. La pidió como si fuera una adolescente que quería ocultar algo. Pero, en fin, son cosas que uno desea guardar para sí, por alguna extraña razón. Regresó a casa.

—Yo creo que ya estamos esperando bebé —dijo él, seguro de eso. Le había contado hacía unos días que ya había soñado con su familia de tres. Ella quería y no quería creer porque, aunque lo añoraba, también le asustaba.

Ella recogió los trastes de la cocina y al terminar fue al baño, sacó la prueba y esperó el tiempo indicado para ver qué rayita se marcaba.

Y sí. Efectivamente ya llevaba vida dentro de sí.

Veía absorta la prueba que sostenía en su mano y se emocionó. Rodó una lágrima en su mejilla. Escuchó cuando Fernando entró a la habitación y ella lo llamó. Él entró al baño y ella le acercó la prueba. Él la abrazó y sus ojos brillaron.

La familia crecería. Agustina se sentía llena de vida, no tenía achaques y se frotaba el vientre. Agendó una cita con la ginecóloga.

—Fecha de última menstruación.

—25 de agosto.

—Tienes cinco semanas, entonces. Puede que no se vea mucho, pero algo podremos ver con el ultrasonido. El feto aún es pequeño, pero podremos revisar que todo esté en orden.

Y lo estuvo. Todo dentro de lo normal.

—Posiblemente sentirás mareos o achaques en las semanas venideras. En ese caso, ya sabes qué hacer: reposo, cuidar alimentación... Necesito verte en dos semanas, usualmente los doctores dejan una cita cada mes, pero en las primeras semanas el feto crece de forma exponencial y me gusta monitorear el crecimiento. Pronto podremos escuchar su corazón.

Ambos estaban emocionados. Agustina quería guardarse la noticia para sí, no sabía por qué, si por la cautela, que siempre recomiendan los médicos y conocidos: anunciar pasadas las doce primeras semanas. Fernando le contó a todos los que se encontró y consideraba cercanos. Estaba feliz y quería compartir su felicidad con los demás.

Las primeras semanas y eso aprendería en ese momento: que cuando se está en cinta lo que importa son las semanas y de los meses, la madre no sabe nada. Cuando tenía unas seis semanas de gestación, su cuerpo resintió la nueva vida, tal vez, porque quería dotarla de todo lo bueno y la forma de avisar a la madre era con un cansancio inexplicable y continuas bajadas de presión que modificaron su rutina diaria. También es importante mencionar que cuando uno consulta al médico, la fecha que se toma de semanas de embarazo no es cuando se concibe al niño en el acto, sino desde la última menstruación, ¿por qué? Porque el cuerpo se prepara para esa nueva vida desde que coloca al óvulo para ser fecundado. Y sabemos que cuando no ocurre, expulsa su preparación fallida del útero en forma de líquido rojo, sangriento.

Pronto sabría que la espera de un bebé es la comprensión de la vida misma: formada por altos y bajos, días buenos y días malos, días en que la vida dentro emocionaba y otros, asustaba.

Un día se levantó con náuseas y corrió al baño, solo sería un día de esos. Menos mal. Intentó ducharse y sintió que perdió el conocimiento, el agua tibia caía sobre su cuerpo que empezaba a palidecer; trató de suspirar hondo y cerró el grifo; tomó la toalla, se envolvió y se sentó en el inodoro, intentando recuperar el aire. No podía sostenerse en pie, debía recuperar el aliento, estaba sola y no había nadie que la socorriera.

Pensó, ¿por qué?, ¿acaso dar vida extingue la propia? Y comprendió la preocupación de todas esas amigas y conocidas que habían escrito al enterarse de la noticia. Recuperó el aliento y desnuda se acostó en la cama. Recuperó el aliento y pudo ir a la cocina a servirse un vaso de suero oral. La doctora le había recomendado tomarlo diariamente. Dio tragos suaves para evitar que volvieran las náuseas. Llamó a su hermana, solo para sentirse acompañada, quien se mantuvo en la línea durante un par de horas hasta asegurarse de que todo estaba bien. El suero le dio fuerzas para vestirse, pero las energías gastadas despúes las pudo recuperar con unas cuantas horas de sueño.

Se levantó después de la siesta profunda, de dormir después de haberse levantado y haberse cansado solo por lo básico. ¿Era normal? Después se enteraría que sí, que muchas mujeres pasaban por lo mismo y entonces aprendió que, después de levantarse no debía hacer nada más que comer para recuperar las energías que su cuerpo había consumido mientras dormía y formaba una vida dentro de sí. ¿Maravilloso? Sí. La prioridad de la naturaleza era el nuevo ser, ese que necesita tanto cuidado, tantas células trabajando, hormonas de un lado a otro y tantos procesos químicos, biológicos, fisiológicos que ocurren para asegurar la permanencia de la especie.

La doctora contaba las primeras semanas y le pedía que tuviera paciencia, asegurando que al cumplir la doceava todo cambiaría: se sentiría con más vitalidad.

Lo que sí sabía es que deseaba comer elote todo el día: desgranado con limón y sal, tamales de elote, elote entero cocido, tortillas… Y su esposo le preguntaba qué se le antojaba, más bien porque él siempre había tenido antojos y ella ya no respondía porque en todos los tiempos de comida solo pensaba en una cosa: elote. Como fuera: cocido, frito, con limón, con mantequilla, pero elote.

Entonces ese ser que se formaba dentro realmente podría llamarse "hijo del maíz". Y fue en una revista que aprendió que sí, que resultaba que su antojo no era más capricho que el de la propia naturaleza que había instruido a su cuerpo a solicitarle ese ansiado *oro nativo*, ese grano que había alimentado a sus antepasados y había sido fuente de riqueza, motivo de guerras, inspiración de artistas y sustento de su pueblo. Ese grano contenía ácido fólico en grandes cantidades y la naturaleza lo sabía, por eso se lo pedía.

El ácido fólico es importante para la formación del cerebro y la columna vertebral del bebé. Es uno de los elementos más importantes para el desarrollo del feto en las primeras semanas. La doctora ya le había recetado un suplemento de esta vitamina, se recomienda iniciar a tomarlo desde antes de concebir y durante el primer trimestre porque además de asegurar el crecimiento sano del feto, disminuye las probabilidades de un aborto espontáneo. Y el maíz, esa comida tan sencilla, primitiva y fuente de la vida, como aseguraban los aztecas, mayas y otras culturas precolombinas, tenían razón.

xviii.

—Date prisa para que lleguemos a tiempo —le dijo Fernando a Agustina, que aún seguía dando vueltas en la casa y no estaba lista para ir con la doctora.

—Vamos —le dijo Agustina tomando su bolsa.

La doctora pidió a Agustina que entrara y se colocara la bata para que la pudiera revisar. Fernando esperaba en el consultorio, entretenido viendo la pecera de agua salada con algunos corales y distintos peces que nadaban de un lado a otro.

—Como te comenté la última vez, ya estamos en la semana diez y será posible escuchar el corazón. Acomódate y sentirás solo una pequeña incomodidad.

Agustina abrió sus piernas y esperó a que el aparato estuviera dentro para escuchar a su bebé. La doctora suspiró y Fernando se paró al lado de su esposa, viendo la pantalla que mostraba las imágenes del ultra.

—No se ve que las cosas vayan muy bien.

Ambos guardaron silencio. No veían más que unas manchas grises que apenas podían distinguirse unas de otras.

Quería sentarme y escribir de tajo, de una, la historia que estaba buscando para apaciguar la mente y el alma. Para encontrar un sentido a la cotidianidad. Pero ¿qué llega así?

Nada.

Nada que valga la pena.

Suspiré como si intentara que eso calmara las palpitaciones del corazón.

Algunas cosas me podrían asustar. Otras animar. Otras me harían pensar. Está bien. Y entonces, ¿qué le doy al lector? Una historia de muchas, todas inconclusas. ¿Qué se concluye en esta vida? Todas las obras maestras no fueron terminadas por su autor: a todas les hacía falta algo...

Y esta parte del relato tuvo un largo suspenso que intentaré continuar de la mejor manera.

—No se ve que las cosas vayan muy bien. El saco vitelino está muy grande, esto indica que hay un problema con el desarrollo y lo comprobamos porque el bebé no ha crecido. Las palpitaciones están bajas, ¿escucharon?

Agustina no entendía. Escuchaba, pero no comprendía muy bien. Fernando la tomó de la mano y la apretó fuerte. La doctora tenía una pecera de agua salada en su consultorio: peces de muchos colores, corales de plástico y rocas en el fondo.

—En el 70% de los casos hay un aborto espontáneo.

Apenas habían escuchado el latido. La doctora lo dejó muy poco tiempo, como si escuchar el corazón fuera a dar una nostalgia mayor con lo que estaba viendo que iba a ocurrir. Agustina no pensaba, ¿qué estaba pasando? Se repetía que en el 70% de los casos había aborto, pero ¿el otro 30% si vivía? ¿A qué se refería?

—Tenemos un viaje mañana. —dijo Agustina— ¿Cuál es el riesgo?, ¿cambia algo si nos vamos o nos quedamos?

Tenían un viaje al sur de México, a San Cristóbal de las Casas desde hacía unos meses. No quería dejar de ir, ya estaba todo planeado y siempre les caía bien salir de la ciudad e ir a los pueblos mágicos.

—Puedes tener un aborto en el viaje, pero es poco probable. La probabilidad entre ir y quedarte es la misma.

Agustina pensó que eso era todo lo que había dicho porque en el fondo aun no aceptaba la idea que fuera parte del "70% de los casos en que se da un aborto espontáneo".

—Entonces, ¿va a seguir en pie el viaje?

—Sí —respondió Agustina.

—En ese caso, estaré pendiente: si tienes un sangrado o pasa algo fuera de lo común, me avisas.

Se despidieron de la doctora, pasaron a la caja, pagaron y en el auto no sabían qué decir ni Fernando, ni Agustina. Los dos estaban perplejos, ¿qué les acababan de decir? Agustina comenzó a llorar, de repente, comprendiendo lo que había pasado. Fernando, también lloraba.

Al llegar a casa empacaron, saldrían por la mañana al día siguiente. Aún quería creer que podía ser parte de ese 30% que el bebé sí vive, pero ¿era eso lo que había dicho la doctora? No se atrevió a preguntar.

Llegaron a San Cristóbal de las Casas. Hacía mucho frío y el pueblo era mágico. Sobre una montaña se erguía aquel lugar. En la plaza central seguían reuniéndose los indígenas formando un abanico de colores y artículos muy variados para ofrecer a los visitantes. Aquel encuentro llevaba más de quinientos años y seguía siendo parte fundamental de la vida de aquel lugar. Los niños corrían. Las mujeres desdoblaban los tejidos: huipiles, blusones, caminos de mesa, manteles. Otros vendían muñecos chinos de luces que atraían a los niños.

La catedral en tono amarillo sobresalía y las mujeres, con sus trajes llenos de colorido, vestían aquel lugar dándole un toque mágico. Se les acercaban por la calle para venderles pulseras, tejidos, aretes, collares, ropas...

Veía a los niños amarrados a la cintura con fajas e intentaba no pensar, pero lo hacía, ¿por qué ellas sí pueden tener un hijo a pesar de su pobreza y de las contrariedades? Llevaban más de un niño: uno amarrado a la cintura y uno o dos más, de la mano.

Y sigue recordando a la jovencita que al reír exhibía solo dos dientes. Sí, signo de desnutrición y falta de calcio, pero su bebé estaba vivo, amarrado a su cintura y subía y bajaba las escaleras del mercado de artesanías que conducían a uno y otro puesto con tejidos, bordados y piedras propias de la zona.

Se nutrió de todo aquello, pero no pudo evitar pensar que su bebé estaría vivo o viva solo por unos días más, dentro de sí.

xix.

En los pueblos mexicanos se acostumbra a realizar callejoneadas tras una boda. Esto consiste en salir a la calle acompañado de una orquesta y gigantones. Los novios van hasta el final y los acompañan sus invitados que bailan por las calles del pueblo. Caminaban por la calle cuando escucharon tambores, se acercaba una celebración.

Los turistas se colocaron por la banqueta a esperar a que los invitados y los novios pasaran. Vendían marquesitas en la banqueta y pasaba uno y otro vendedor ofreciendo peidras de ámbar que alumbraban con luz ultravioleta para confirmar su veracidad.

Se acercaba cada vez más el ruido, la fiesta. La gente se movía, bailaban, caminaban y el redomble de los tambores se escuchaba cada vez más cerca.

En ese momento se le hizo un nudo en el estómago. ¿Por qué le dolía tanto perder a su bebé? Y lo comprendió en ese momento. En esa celebración. En esa unión de dos personas que celebran el amor, la familia, la continuidad que se le da a uno mismo al unirse con otra persona y comprometerse...

Y sí. Era por esos momentos: por los cumpleaños que nunca le celebraría, por las fiestas a las que no asistirá. Sí, le daba nostalgia. La música le alegraba el cuerpo, pero si aún estaba su bebé con vida dentro de ella, le quedaban solo unos días. Intentó racionalizar aquel momento.

Mi bebé andará libre, no tendrá ataduras, se dijo para sí.

La gente bailaba alrededor y sintió cómo el ruido de los tambores que estaban frente a ella le provocaba un nudo en su estómago, se le cerró la garganta y se le escapó una lágrima. Se limpió con un pañuelo, intentando que nadie se diera cuenta.

XX.

Fernando le acercó una piedra y le dijo que había sentido que era para ella.

—Pregúntale su nombre —le dijo—sentí que era para ti y quiero que se comunique contigo. Creo que te puede acompañar en este proceso.

Desde hacía unos meses, Fernando había comenzado a creer en que todos estamos dotados de vida y que la materia palpable es solo una parte de toda la realidad que podemos percibir con nuestros sentidos, pero que el mundo espiritual es mucho más amplio y va desde los inicios del universo hasta seres más complejos que pueden ayudarnos o no en este viaje.

—Gracias, en un momento —respondió Agustina, quien quería más bien ver qué más vendían en la tienda, que detenerse a ver la piedra: blusas bordadas, vestidos...

—Insisto —le dijo Fernando— pregúntale su nombre.

Agustina se dio cuenta que debía dejar de ver y estar presente. Tomó la roca con sus dos manos, era un cuarzo del tamaño de su mano, color blanco con vetas rosa muy tenues. Miró a Fernando.

—La encontraron cerca de la pirámide en Palenque, pregúntale su nombre —le insistió.

Agustina acarició la piedra y le preguntó su nombre, luego se la acercó al oído y escuchó que le decía el nombre de Itzel.

—Se llama Itzel, luego buscaré qué significa.

—Es un nombre maya, si es cierto lo que me dijeron. Por un momento pensé que estaba loco—le dijo Fernando.

Agustina tomó la piedra y la guardó en su bolsa.

—Sentí que era para ti —le dijo Fernando.

Al llegar al hotel Agustina buscó el significado del nombre It-zel: Significa lucero de la tarde. *Es un nombre de niña de origen maya. Es la evolución del nombre de la diosa maya Ixchel, la diosa de la medicina, de los trabajos textiles, de la luna, los partos y el amor.*

—De la luna, los partos y el amor —le dijo Agustina a Fernando, pero él estaba distraído en su teléfono y no la escuchó.

—Tomaré un baño.

Mientras le caía el agua caliente sobre su cuerpo pensó que pronto dejaría de "estar embarazada". Recuerda, le había dicho la doctora, que sigues en estado de embarazo entonces debes cuidarte. Se acarició el vientre mientras le bajaba el agua sobre su cuerpo, cerró sus ojos y se imaginó a ese bebé, ¿cómo hubiera sido? La naturaleza rechaza lo que viene mal, todo es parte de un plan perfecto... se repetía para sí, pero no alcanzaba a entender el porqué.

El jabón del hotel era artesanal, elaborado con miel y avena, era una barra cuadrada pequeña y no sabía por qué tendía a disfrutar tanto bañarse así: con un jabón pequeño que olía a naturaleza. Apagó el agua, tomó una toalla de esas gruesas que sientes que te abrazan y se sintió bien. ¿Por qué el agua te calma? Por los iones, dirían físicos y químicos, porque está corriendo y todo lo que fluye es lo que nos da paz. Hasta el agua estática se pudre, debe de fluir, de moverse... ¿Y su bebé? ¿Qué estaría haciendo ahora? ¿O ya no latía su corazón?

Abrió el botecito de crema de hotel y olía a vainilla, colocó en su vientre imaginando cómo se veía al ir creciendo. Se vistió y ya sentía su vientre abultado, tenía apenas once semanas, pero su ropa empezaba a apretar. Ese día se sintió mejor físicamente, no tenía bajadas de presión y tenía más energía que semanas antes. ¿Sería aquello bueno o mal agüero?

xxi.

Chiapas era un estado ubicado al sur de México. A diferencia de otras zonas del país, era más pobre y al salir a la calle lo confirmaron con el grupo de mujeres y niñas que los siguieron, insistiendo que les compraran algo. Iban detrás, durante cuadras, cada vez rebajando más aquello que vendían.

Agustina compró varias cosas para regalar, otras porque estaban elaboradas con mucho detalle y el precio al que las vendían era absurdo: muy barato para la cantidad de horas de trabajo que llevaba. En ocasiones sentía que las miradas de aquellas mujeres le atravesaban el alma y pedía en silencio por ellas: por su bienestar y porque pudieran salir de las condiciones que les atormentaban. Y aunque hubiera querido, tampoco tenía todo el dinero para comprarles toda la venta.

Aprendieron a reconocer el ámbar real del falso: el real cambiaba de color con la luz ultravioleta. Se llenó de pulseras, anillos, collares y aretes de aquella resina que se había formado 25 millones de años antes en un árbol que ya estaba extinto. Sí. Algunas piezas preservaban pequeños insectos, hojas o tierra que había quedado atrapada y fosilizada.

El término ámbar proviene del árabe *ámbar* que significa lo que flota en el mar porque una de sus propiedades es esta. Es considerada una piedra semipreciosa y en el mundo espiritual se considera que absorbe las energías negativas, favorece la felicidad y el bienestar físico y mental.

Lo necesitaba. Necesitaba estar allí en ese momento, rodeada de naturaleza y de tantas piedras que escondían secretos milenarios. Ámbar, cuarzo, jade. Quería todo y compró lo que le alcanzó. En un puesto pequeño, en el mercado de artesanías, encontró un collar de jade rosa, finamente engarzado y cuando se lo probó, sintió que tenía que llevarlo consigo. Lo pensó, intentando no dejarse llevar, pero, en realidad, ¿cuándo regresaría a este lugar? Y tal vez en ese momento necesitaba que estos minerales le ayudarán a sanar y le dieran energía para lo que se venía.

Y la comida le recordó su tierra, El Salvador. Comió tamales, sopa de chipilín con bolas de masita, plátano frito, frijoles negros... Y otras tantas cosas que alegraban su alma. Desconocía que en este lugar hicieran tan buenos quesos y carnes frías. Cuando les sirvieron una bandeja de quesos madurados, otros frescos, de butifarra y jamones elaborados en la zona se dio cuenta que sí, que tenían muchos secretos guardados y que ahora los estaba descubriendo. Había restaurantes mágicos que rendían tributo al legado maya del lugar y que enaltecen los ingredientes más básicos: maíz, frijol, café... Se notaba la presencia de extranjeros que habían invertido en este lugar y dejado su huella, valorando y apreciando el arte mexicano.

Era sábado por la noche. Hacía cerca de diez grados, muy frío. Comieron marquesitas, sentados en el parque de aquel lugar.

El domingo habían quedado de desayunar en un lugar que era reconocido por preparar uno de los mejores cafés. Cada día se sentía mejor físicamente, ¿significaba algo malo? Emocionalmente sentía un vacío, pero de repente pensaba que podría llegar el lunes y la doctora vería que en su vientre las cosas habían cambiado. ¿Sería posible que todo aquello solo fuera una prueba de vida que le quería recordar que el estar vivo es un regalo y debe aprovecharse cada minuto, cada segundo y cada hora para dar gracias por estar y seguir vivos?

Probaron el café y pidieron una concha que rellenaban con una crema pastelera de vainilla, que estaba "para chuparse los dedos". Le tomó foto al pan servido sobre un plato artesanal de barro color turquesa pálido. La foto salió borrosa, como su vida en aquel momento: le rodeaba la belleza, un lugar mágico y aunque intentaba absorber todo aquello tenía el corazón en trocitos. Intentaba sentir dicha, pero en el fondo estaba muy triste. Agradecía racionalmente, intentaba distraerse; pero también le daba miedo que en cualquier momento pasara lo temido.

Anduvieron caminando por las calles del pueblo, admirando los artículos hechos a mano. Habían caminado todo el día y se sentía un poco cansada. Buscaron un lugar para descansar.

Regresaron al hotel. Agustina entró al cuarto y fue al baño y cuando se limpió vio una gota de sangre en el papel. ¿Había empezado el proceso? Sintió que le recorrió un nervio helado y no sabía qué hacer. Lo tiró al baño y vio que allí había una gota de sangre también.

¿Tendría que escribirle a la doctora? ¿Qué tenía que hacer ahora?

Se metió a bañar como para aliviar un poco sus pensamientos para que el agua hiciera lo suyo y limpiara el dolor o los nervios que el momento le infundieron. Salió del baño, tomó una toalla y se secó. Respiró hondo. Se vistió y salió al cuarto.

—Ya sangré —le dijo a Fernando.

Fernando guardó su teléfono intentando absorber aquella noticia.

—¿Le mandaste un mensaje a la doctora?

—Ahorita.

Hola doctora, acabo de sangrar: una gota.

No respondió.

Guardó el teléfono y volteó a ver a la piedra, a Itzel. Estaba allí para ayudarle.

—Ven —le dijo Fernando para abrazarla y la apretó muy fuerte.

Agustina apoyó su cara en el pecho de su esposo y rodaron unas lágrimas. Fernando le dio un beso en la frente.

¿Cuántas veces damos las cosas por sentadas? La vida misma dejamos de apreciarla cuando olvidamos que es pasajera... La vio: su vida era un milagro, así como la de su esposo.

Bajaron a cenar al hotel, era finales de octubre, y por la noche iluminaban con velas y una fogata el altar de muertos del lobby. Era precioso. Se quedó mirando las fotos que habían exhibido en el hotel. Usualmente, cuando se hace un altar, cada uno lleva la foto de un ser querido que se adelantó en el camino. Pensó en su bebé, nunca pondría una foto, pero iba a dejar una marca en su alma. Tomó un par de fotos con su teléfono: estaba decorado con pino, flores de cempasúchil, papel picado y unas catrinas de azúcar. Por la tarde no llamaba tanto la atención como a esa hora que habían encendido las velas y el movimiento del fuego le otorgaba un misticismo especial.

Los que estamos, también nos vamos....

Y los que se fueron, volverán...

Había dejado el teléfono en el cuarto y se había asegurado de colocarse una toalla sanitaria en caso de que hubiera más sangrado. Después de la cena vio el mensaje de la doctora.

Hola, ¿sangrado abundante? ¿Tienes dolor?

Fue solo como un coágulo.

Tienes que sangrar mucho y tener dolor de cólico fuerte. Es como un mini parto y tiene que salir todo el tejido. Apenas va comenzando el proceso, en cuanto regreses tengo que revisarte.

Ah, de acuerdo. Gracias.

Tragó saliva. ¿Un mini parto? ¿Cómo así? Suspiró hondo y algo se le encogió por dentro. En silencio pidió que Dios le ayudara a llegar con bien y que no ocurriera el proceso en el avión o en el aeropuerto de regreso a Guadalajara. No quería comentarlo con Fernando, pero debía hacerlo. ¿Acaso no era asunto de los dos? Suspiró y le enseñó el celular.

—Solo ayúdame a pedir que todo pase hasta que regresemos —le dijo a Fernando.

Al día siguiente su vuelo era por la tarde y solo tuvo un par de sangrados más. Al llegar a casa se ducharon y se durmieron. Mañana sería otro día.

—Aún no sale nada, está todo el tejido dentro.

—Pensé que había salido mucho ayer, pasé en el baño la mitad del día como si tuviera menstruación.

—Ya estás dilatada, pero aún está allí el feto, no sé si logras verlo, es esto que se ve aquí —dijo la doctora señalando en su pantalla al bebé cuyo corazón había dejado de latir, posiblemente en el viaje, u horas después de escucharlo.

Agustina suspiró.

—En el 70% de los casos el cuerpo expulsa todo el tejido.

—¿Y el otro 30%? —se atrevió a preguntar, llevaba pensando qué pasaba con el otro 30%....

—En el otro 30% se debe intervenir: ya sea con un legrado o dejando pastillas. Si mañana no ha salido más, procederemos con las pastillas.

Agustina suspiró.

Salieron de la clínica. Ahora entendía: no había posibilidad de que su bebé se desarrollara, aunque en el fondo y muy dentro de sí tenía una pequeña esperanza de lograrlo.

Siguió sangrando, pero nada como un parto como había explicado la doctora y al día siguiente le dejaron pastillas: sublinguales y vaginales. El proceso se resume en: mini parto con contracciones y mucho dolor, tejido, etc. Todo salió y no hubo necesidad de legrado o de procedimientos adicionales. Menos mal. Luego se percató que la probabilidad de perder un bebé era más alta de lo que creía.

Valoró más la vida. La suya, la de su esposo, familia y amigos. Cada vida era tan compleja que por eso muchas películas empiezan con ese momento de la concepción: la carrera en la que el espermatozoide busca al óvulo para fecundarlo y gana el más rápido, el que genéticamente está más preparado para vivir de acuerdo con la información transmitida por miles de años, ¿o millones? Porque si no somos conscientes del milagro que es estar vivos, entonces, ¿cómo vivimos?

Comprendía racionalmente, pero estaba emocionalmente destrozada. Y su cuerpo soportó un mes como si nada hasta que se desmoronó y la tristeza le invadió. Lloraba y sentía un vacío por dentro. Necesitaba reconectar, sí, tenía que vivir el duelo. Se le manifestó una tos, aquellos que consideran que las emociones se manifiestan con síntomas en el cuerpo dirían que fue tristeza acumulada. Posiblemente entre el corre y corre no se había dado el tiempo de vivir el duelo, de llorar su pérdida y de vivir el proceso como tenía que hacerse. ¿Hay alguien que sabe cómo hacerlo adecuadamente o todos deben sufrir para pulir las asperezas de la vida y comprender lo frágil y valiosa que es la vida?

Las etapas del duelo. ¿Cuántas son? Negación, enojo, depresión, aceptación.

Negó. Se ocupó y siguió como si nada pasara como si no hubiera pasado algo importante en la vida.

Una estadística más de tantas.

Escribió un poema, ¿sería eso la aceptación o el enojo o la depresión?

Y los bebés que no nacen,

¿adónde se van?

¿Nadan por el cielo

o viajan por el mar?

¿Dejan nubes a su paso

o estelas en el mar?

¿Regresan a casa

o tal vez volverán?

Y los bebés que no llegan,

¿qué propósito tendrán?

Recordar que la vida es un regalo

y se debe disfrutar.

Y los bebés que solo poco tiempo están

nos susurran y nos besan,

y nos quieren recordar,

lo preciado de la vida,

y que se puede estar

o no estar.

¿Cuántas mujeres perdieron un bebé? El 15% o el 30% de los embarazos se pierden. Recordó las conversaciones con amigas que habían pasado por lo mismo.

En una mesa de 10 mujeres, 8 habían tenido una pérdida.

Solo era una más. ¿Qué más daba? El cuerpo siguió hasta que colapsó. Veinte días después no pudo pararse de la cama.

—Necesito ir a algún lugar a llenarme de energía positiva.

—¿Vamos a Mérida? —le dijo Fernando —Puede ser mi regalo de navidad.

Aterrizaron en Mérida. El sol estaba comenzando a caer y el cielo se pintaba de naranja, celeste, rosa y un tono lila muy tenue. Era diciembre y no hacía el calor típico de aquel lugar.

—Bienvenidos a Mérida. La temperatura está en 25 grados Celsius. Favor de desembarcar en orden.

Tomaron su maleta de mano y una mochila que los había acompañado durante los últimos años. Fernando le sonrió y esperaron a desembarcar del avión.

Mérida había tenido mucho crecimiento durante los últimos años, había llegado mucha inversión y cadenas reconocidas de hoteles habían comprado las haciendas abandonadas y las habían restaurado. Iban a aprovechar visitar Mérida, Campeche y Edzná. Habían rentado un auto durante una semana y aprovecharían para conocer el sur de México, una parte solamente.

Fueron a la agencia y les dieron una camioneta pequeña, 4x4, para poder llegar a los lugares en dado caso que la calle no estuviera pavimentada. La primera parada sería Edzná, habían encontrado una hacienda que estaba en medio de la selva llamada Uayamón, que la había comprado la cadena de Marriott.

—Estas son las llaves. Revisa que el combustible esté a medio tanque. ¿Me permites inspeccionar el auto para asegurarnos que todo esté bien? —le dijo a Fernando el joven que entregaba los autos, mientras Agustina deambulaban por el estacionamiento del lugar.

El joven hizo unas anotaciones y le entregó todos los documentos a Fernando. Agustina se acercó hacia ellos y le preguntó:

—¿Qué lugar recomiendas para comer? Vamos en dirección a Edzná.

—Hay un pueblo muy pequeño llamado Tenabo, donde pueden probar los panuchos.

Se subieron al auto y Agustina buscó el pueblo en Googlemaps. Tenabo se encontraba a una hora y media del aeropuerto de Mérida. Era un pequeño poblado antes de llegar a la hacienda, no sabían en dónde comer y buscaron unos puestos al lado de la iglesia, pero Fernando dijo que debía haber otro sitio. Frente al parque había una casa en la que entraba y salía gente con comida y decidieron ir a ver. Era el lugar ideal.

Había dos mesas y aunque la fachada exhibía un estilo colonial hermoso el interior demostraba la falta de recursos de esa zona. Los techos seguían pintados y tenían detalles de madera y las esquinas parecían de estilo compuesto y detalles de capitel. Agustina sacó unas fotografías de aquel sitio. Si se fotografiaba el techo parecía un lugar de lujo, si se sacaba una foto completa se vería que aquel lugar no era para nada ostentoso: cuatro sillas con una mesa de plástico y un mantel estampado con flores.

Dos mujeres atendían colocando los panuchos y entregando a quienes llegaban a almorzar a aquel lugar. Había fila de espera y olía muy rico.

Solo aquí, su mente se alivió. Le sirvió de distracción estar en un lugar con costumbres distintas. Se respiraba otra cultura: la maya. Las casas eran más pequeñas y la gente, también. La comida era diversa, así como sus costumbres. Las mujeres, en esta zona del país, parecían llevar la batuta, a diferencia de otros estados. En Yucatán se notaba que había matriarcado en el que la mujer es la jefa del hogar y en algunos casos, el hombre parece hasta holgazán. Las mujeres atendían aquel puesto: madre e hija, mientras el hombre se mecía en una hamaca que se veía detrás del puesto de panuchos.

Les sirvieron unos panuchos de pollo. Es harina de maíz frita con frijol adentro y se coloca pollo desmenuzado encima con aguacate y cebolla morada en julianas. Estaban deliciosos.

Prosiguieron el viaje hacia la hacienda, era uno de los hoteles de Luxury Collection. La carretera era de un solo carril cuando faltaban cerca de diez kilómetros para llegar, no había nada alrededor, solo selva. Llegaron y estaba empezando a llover. Bajaron las cosas del auto y aparcaron en un estacionamiento. Al bajar, se llenaron de lodo y casi se resbalan con la tierra mojada.

La hacienda se imponía en medio de la selva. Al frente se veían unas escaleras que llevaban a lo que parecía el salón principal. A la derecha había vestigios de una construcción antigua y el patio central lo coronaba una hermosa ceiba que tendría varios cientos de años de antigüedad. Les dieron la bienvenida en el hotel y les ofrecieron agua de lima, típica de esa zona.

El lobby del hotel estaba abajo de la escalinata, era sencillo y exhibía varias artesanías que elaboraban en la zona. Fernando y Agustina estaban llenando las hojas que les solicitaban en el hotel.

Un joven de tez morena, bajo y vestido con guayabera blanca les dirigió hacia su habitación. El piso del lugar estaba húmedo y las copas de los árboles cubrían aquel lugar, dándole sombra y un aspecto selvático. Se dirigieron a su habitación. Antiguamente las habitaciones habían servido como viviendas de los que trabajaban en la hacienda, eran "pequeñas casas", en medio de la selva y otras ruinas, que brindaban a aquel lugar un aspecto mágico. Agustina suspiró. Aquel lugar podría inspirar su próximo libro.

Estaban felices en aquel lugar.

—¿Y si nos quedamos a vivir aquí? —dijo Fernando en son de broma.

El cuarto se conectaba por un pasillo al baño. Todo estaba cubierto con bolsas plásticas porque se veía que aquel lugar estaba en medio de la naturaleza y había pequeños insectos por todas partes. Se dieron un baño. El cuarto tenía una especie de jacuzzi pequeño y Fernando disfrutaba meterse y relajarse allí. Les habían decorado la cama con bugambilias color lila formando un corazón y se veía que habían cuidado todos los detalles.

Empezó a llover de un momento a otro. Se acostaron un rato a esperar que pasara la lluvia. No se tocaron, hubo silencio y se escuchaban a los animales de aquel lugar. Una sinfonía que calmaba sus sentidos.

La lluvia comenzó a mermar y se dispusieron a salir para conocer aquel lugar.

Los pájaros cantaban y algunos zánganos buscaban alimentarse de la sangre de Fernando y Agustina, menos mal, habían llevado chamarras impermeables que les protegían. Agustina abrazaba a su esposo para que aquellos animales no le fueran a picar, parecían ser territoriales y seguir a las presas por lo que tuvieron que correr para perderlos. Llegaron frente a la casa principal de la hacienda, al subir las escaleras se encontraba el restaurante. Los recibió una mujer vestida con los tejidos de la zona en color crema y detalles bordados en colores rosas. Les ofreció una mesa en la parte trasera del restaurante desde la que se veían algunas ruinas que habían sido ya tomadas nuevamente por la naturaleza exuberante de la zona.

—Buenas tardes, señores —dijo la dama que atendía aquel lugar— les entrego los menús.

—Muchas gracias —respondieron.

—¿Puedes traernos dos aguas de yaca y una sopa de lima? —dijo Agustina.

—Serían dos sopas de lima para empezar —aclaró Fernando.

La yaca es una fruta originaria de Indonesia que debido al clima se da bien en los climas tropicales. Su sabor es ligeramente ácido y dulce, parecido a una mezcla de mango con naranja; también tiene notas de plátano, manzana, guanábana y piña. Es por esto conocida como "la fruta con el sabor de todas las frutas".

Los muebles eran antiguos, todo estaba restaurado y bien acomodado. Las mesas de madera con las sillas recordaban a los tiempos de las grandes haciendas y el bienestar económico de aquella zona cuando el henequén era el oro verde. A principios del siglo XX fue el segundo material de exportación más importante de México y fortaleció la economía de Yucatán y su estado vecino, Campeche. El uso de la fibra del henequén fue sustituido luego por las fibras sintéticas y la grandeza de muchas haciendas pasó a la historia.

Fernando revisaba el menú y se le hacía "agua la boca" al ver los platillos de aquella zona. La dama les llevó las aguas y cada uno probó, exhibiendo una sonrisa al tomarla, cosa buena, pues era exigente con lo que bebía y comía.

—¿Se te antoja el pavo en recado negro?

—Sí, pídelo.

La dama regresó acompañada de un joven. Él traía dos platos en los que habían acomodado tiras de tortillas fritas, chile morrón amarillo en julianas, un poco de cebolla morada y cilantro. El joven traía una tetera que acercó y vertió sobre los platos la sopa de lima.

Ambos sonrieron. Se veía delicioso.

—¿Le puedo encargar el pavo en recado negro? —dijo Fernando.

—Sí, con gusto.

Se escuchaban pájaros cantando y el viento mecía los árboles y las hojas secas en una sinfonía que calmaba sus sentidos. ¿Qué tendría la naturaleza que apacigua el alma?

xxii.

—Intenté distinguir las voces que argumentaban o dialogaban entre sí, pero, no me fue posible escucharlas. —dijo Fernando— Y no me estás escuchando.

Agustina le tendió su celular con la nota que estaba escribiendo, mientras Fernando le contaba:

Nos siguió un perro del inframundo llamado Tzotzil. Nos llevó frente a un portal donde pudimos ver una luz que entraba, muy blanca.

—Crecí creyendo que los mayas vivían en las Pléyades*. Siempre lo decía mi madre. Y visitamos Copan, en Honduras, cuando era pequeña. Siempre se han venido a mi mente palabras que luego he buscado su significado, años más tarde. A veces era el hazme reír de mis amigas, claro siempre se ha tildado de loco al que se atreve a ir en contra de lo que el mundo acepta como cierto.

—A eso le llaman comunicación extrasensorial. Yo no logré escuchar qué me decían.

No habríamos podido hablar de esto abiertamente si Fernando aún no lo hubiera experimentado por sí mismo. Porque en cuanto te permites sentir, todo empieza a fluir. Todos nacemos con la capacidad para reconocer el mundo espiritual y esas dimensiones que existen, aunque no todos puedan verlas. Llámenle avances científicos, descubrimientos tecnológicos, todos son nuevas dimensiones que nos acercan a herramientas desconocidas, pero muy valiosas.

Agustina buscó en Internet el término tzotzil:

Los tzotziles (tsotsiles) y los tzeltales (tseltales) son dos grupos mayenses emparentados entre sí que, junto con los tojolabales,

---

*En la mitología griega, las Pléyades eran las siete hermanas que, divinizadas, se convirtieron en las siete estrellas más bonitas del cielo de invierno. Son hijas del titán Atlas y la ninfa marina Pléyone. Él no solo fue el padre de las Pléyades, sino también de varias ninfas: las Híades y las Hespérides.

habitan la región de los Altos de Chiapas y algunos municipios del área colindante.

Los tzotziles se llaman a sí mismos batsiI winik'otik, "hombres verdaderos" y los tzeltales se refieren a sí mismos como winik atel, "hombres trabajadores"; ambos hablan el batsil k'op, o lengua verdadera o legítima. El vocablo tzotzil deriva de sots'il winik, que significa "hombre murciélago".

Chiapas, pensó. Y luego recordó que una de sus bisabuelas paternas era de Chiapas. Lo supo en una comida familiar. ¿Sería descendiente tzotzil? Y por eso le fascinaban sus trajes coloridos y podía pasearse horas por los mercados buscando y encontrando tesoros...

XXiii.

Estaban recorriendo las ruinas de Edzná y se habían sentado para admirar el edificio de cinco pisos que era la edificación más importante desde el templo norte que permitía tener una vista panorámica del lugar.

—¿Viste el portal en las ruinas?

—Debemos ir juntos —le contestó Agustina.

En su interior sentía que el perro aún estaba ahí y siguiendo su intuición se paró frente al portal que tzotzil le había indicado. Era una puerta que terminaba en un triángulo, todos los portales tenían tres puntos: la trinidad, el trino. En ese momento sintió que el perro que los había estado guiando desapareció y vio cómo se acercó una lechuza blanca y se posó sobre el portal. Era una cría, aún no era adulta. Allí comprendieron todo.

¿Era esta la forma en que podría vivir su duelo? ¿Aceptando que su bebé estaba ya en otra dimensión?

Los dos, abrazados, presenciaron aquella imagen. Se quedaron allí un rato.

—Vamos —dijo Fernando— es hora de volver a la Hacienda.

Se quedaron dos noches en esa hacienda en Campeche y luego se movieron hacia el centro de la ciudad para conocerlo. San Francisco de Campeche es la única ciudad de Latinoamérica amurallada y fue atacada múltiples veces por piratas. Sus puertas coloridas, cada una de distinto color; exhibe un mosaico precioso. Aprovecharon para visitar el centro de la ciudad y realizar el recorrido en el trenecito que los llevaba a los lugares más importantes.

El malecón exhibía algunos barcos: unos ya hundidos, otros viejos a flote y otros nuevos.

—Es increíble cómo de ser una ciudad tan importante en México ahora ya no se escucha tanto, ¿verdad?

—Sí, y en realidad es hermosa —contestó Agustina.

Visitaron el Mercado de artesanías. Y recorrieron el malecón.

Su último destino sería Mérida. Les habían recomendado una hacienda antigua llamada Temozón, quedaba a las afueras y había sido una antigua fábrica de Henequén. Dentro de la hacienda había un cenote. Los cenotes son cuerpos de agua subterráneos considerados sagrados para los mayas. Muchos creen que sus aguas son curativas y que bañarse allí debe ser un ritual más que algo meramente mundano.

El cenote de la Hacienda Temozón era evidencia que aquel lugar había estado en algún momento bajo agua. Al bajar las escaleras toda la pared estaba cubierta de vestigios de conchas y caracoles. Se acercaron nadando unos peces que realizaron una danza y Agustina percibió cómo los muros intentaban darle un mensaje.

—Mañana iremos a Chichén Itzá —le dijo Fernando.

—¿A cuánto tiempo está?

—A unas dos horas de aquí. Hay que salir temprano.

—También me recomendaron visitar las ruinas de la zona arqueológica de Ek Balam. Podemos ir hoy allí y mañana a Chichén Itzá.

—Está bien.

Al llegar a las ruinas de Ek Balam, Agustina comenzó a inquietarse.

Ek Balam es un nombre en lengua maya yucateca, formado por los vocablos ek', con el que se denomina al color negro y que también significa "lucero" o "estrella"; y balam, que quiere decir "jaguar". Puede traducirse entonces como "jaguar-oscuro-o negro". Sin embargo, algunos hablantes de maya en la región también lo traducen como "lucero-jaguar". En la Relación de Ek' Balam, escrita en 1579 por el encomendero Juan Gutiérrez Picón se menciona que el nombre del sitio proviene de un gran señor que se llamaba Ek Balam o Coch Cal Balam, quien lo fundó y gobernó durante 40 años. Sin embargo, la evidencia arqueológica no nos ha proporcionado alguna prueba de la existencia de dicho personaje. Mientras que en el glifo emblema hallado en unos monumentos de piedra llamados Las Serpientes Jeroglíficas, se menciona tal como el nombre del sitio en el Clásico.

Agustina sentía que alguien les perseguía. De nuevo. Intentó comunicarse, pero no podía. Luego, al llegar a la pirámide central, observó cómo un águila se posaba con un animal en el pico. Y cómo las piedras parecían tomar forma alrededor de ella, parecían caras incrustadas en ese lugar con las formas morfológicas de los mayas que lo habitaban.

—No sé qué me ocurre, pero no es la primera vez.

Fernando pareció no escucharle. Estaba sumido en aquel sitio, escuchando al guía que explicaba los secretos y la historia. Agustina suspiró para tomar fuerzas. El guía les explicó sobre el sitio arqueológico:

Fue una capital con gran riqueza, con una población de 12 a 18 mil habitantes en su núcleo principal. Se dice que fue fundada por un señor llamado Ek' Balam o Coch Cal Balam, quien llegó desde el Oriente y gobernó los primeros 40 años.

Posee 45 estructuras y está rodeada por dos murallas concéntricas de piedra, y otra más que une a los edificios centrales. Estas murallas tuvieron fines defensivos y para el control del acceso. Tiene un juego de pelota y un arco muy hermoso donde desembocaba un sacbé (camino sagrado), que en épocas antiguas conectaba a los reinos mayas; también hay estelas y las llamadas serpientes jeroglíficas, monumentos bellamente labrados en bloques de piedra. Las estructuras tienen varios estilos arquitectónicos, pero hay detalles que las hacen únicas, como imágenes con alas que semejan ángeles.

La serpiente emplumada es una divinidad que se asocia en nuestra cultura con Quetzalcóatl o la "serpiente emplumada", su

nombre es una combinación de las palabras náhuatl quetzal (pája-
ro emplumado) y coatl (serpiente). Lo interesante de este reptil es
que se venera en toda América desde tiempos antiguos, es la única
serpiente que vive desde norteamérica hasta suramérica y hace re-
ferencia a la serpiente cascabel que no pone huevos, sino que da a
luz a sus crías.

Y recorrieron aquel lugar. El guía terminó el recorrido y se quedaron solo los tres. Sintió cómo tenía que visualizar una pequeña
roca tallada que tenía tres puntos.

—¿Ves esa? —le dijo Fernando.

—¿Cuál? —le dijo Agustina.

—Esa piedra. Está casi en el centro de la estructura, sí, es el
centro. Algunos creen que son portales.

—¿Increíble, cierto?

xxiv.

Al día siguiente desayunaron unos panuchos, café de olla y un agua de chaya y piña y salieron hacia Chichén Itzá.

El sitio arqueológico maya Chichén Itzá es Patrimonio de la Humanidad y el Templo de Kukulcán, la estructura principal, fue reconocido como una de las siete maravillas del mundo moderno por la Unesco. La arquitectura tiene influencia tolteca y el dios que preside el sitio según la mitología maya es Kukulcán, representación de Quetzalcóatl para los toltecas y aztecas. En maya, Chichén Itzá significa "boca del pozo de los sabios del agua".

El lugar es visitado por miles de turistas de todo el mundo cada año, quienes se asombran por la arquitectura del templo que es muestra de los conocimientos astronómicos y arquitectónicos de los mayas. Entre las curiosidades del templo están las cuatro escalinatas con 91 escalones cada una, que sumadas dan un total de 365 y representan los días del ciclo del *Haab* de la cultura maya. La pirámide también proyecta la sombra del dios Kukulcán durante los equinoccios y el fenómeno acústico que descubieron los científicos es asombroso: al aplaudir desde un punto frente a la escalinata principal se emite un eco similar al canto del quetzal, ave sagrada para esta cultura.

Fernando escuchaba las explicaciones y Agustina intentaba poner atención. El guía les comentó que recientemente habían descubierto un cenote en la base de la pirámide y que se cree que los mayas sabían sobre su existencia desde que la construyeron. También comentó que había indicios de la cultura azteca en este lugar, porque los mayas no eran sanguinarios, y muchas practicas de sacrificos que tenían los aztecas se habían encontrado en Chichén Itzá.

Recorrieron aquel lugar. El sol era intenso y buscaban las sombras de los árboles para que el guía explicara con detenimiento la historia y los secretos de aquel lugar. Por último, visitaron el cenote sagrado que se conoce como *Chenkú* o Cenote de los sacrificios.

Hay guardianes espirituales en los lugares sagrados. Le llegó esta idea a su mente. Había escuchado en algún lugar esa teoría o se le había ocurrido al visitar Macchu Picchu y observar cómo las montañas que rodeaban aquel lugar tenían las formas fisiológicas de los incas con la nariz aguileña: unos dormían, otros miraban, otros estaban atentos a quienes llegaban y las razones por las que lo hacían. Unos eran conscientes y otros no.

Pensó que era su imaginación. Su visión y creatividad. Hasta que vio en un documental de Petra que también estaba custodiada por rocas que tenían la fisonomía árabe. ¿Podría ser que la naturaleza adquiere las formas de quienes habitan ese lugar o más bien que los habitantes salen de esas rocas? Palpó las rocas y sintió cómo le hablaban:

Estamos aquí. Eres un alma buena. Pocoteque.

Iban caminando hacia la salida del centro arqueológico cuando le comentó a Fernando la idea.

—Fernando, mira las rocas, ¿no te parece que tienen la fisonomía maya? Desde hace tiempo tengo en la mente que las rocas de estos lugares están vivas y que posiblemente son seres que se quedaron en este mundo para custodiar estos lugares. ¿Crees que podemos liberarlos de esta tortura?

—Es una idea interesante—le dijo Fernando.

—Creo que su lugar debe estar fuera de este mundo. Deben viajar libres ya.

—Cada uno forja sus ataduras en el mundo. Ellos forjaron las propias.

—Debemos buscar al chamán de este lugar —dijo Agustina.

—Te toparás con un montón de charlatanes, no es solo ir a buscarlo, ¿cómo te aseguras de que no sea mentiroso? —le dijo Fernando tajantemente— ¿En qué mundo vives?

—En el que cree que todos estamos un corto tiempo aquí, pero hay quienes se aferran tanto a esta realidad que no pueden desprenderse.

—¿Y cómo ayudarás tú en ese cometido?

—Abriendo los portales para que se liberen.

—No conoces mucho del tema, ni yo. Más bien, somos ignorantes y podemos perdernos en el camino. Ya sabes, hay muchos que en ese intento han desaparecido.

Caminaron por el lugar. Agustina pensaba para sí:

¿Qué hacían esos guardianes espirituales?

Y, ¿por qué en todas las culturas siguen custodiando su lugar sagrado?

¿Tendrían que liberarlos de ese suplicio?

¿O era la única razón de su existencia?

Iba sumida en sus pensamientos cuando escuchó una voz que le hablaba como susurrando.

—Cuidan los portales hacia las dimensiones desconocidas. Esa es su tarea, si los liberas, puede ocurrir una catástrofe.

Eso dijo un señor que se acercó a ellos. Su nombre era Ajbej y era conocido en la comunidad por su sabiduría y sus poderes curativos. Lo encontraron de forma misteriosa saliendo del estacionamiento de las ruinas.

—Me pueden llamar Alberto, es mi nombre en español.

—¿Cuál es tu verdadero nombre?

—Ajbej. Y no hay que buscar fuera lo que falta dentro, puedes ir y venir, buscar en un lado y otro; pero, si algo te preocupa hay que aprender a ver el interior —les dijo.

Fernando se quedó pensando y Agustina escuchó a medias todo por estar pendiente de un colibrí que se posaba sobre una planta camarón, *beloperone guttata*. Quien les confirmó quién era fue un joven que presenció la escena.

—Él es un chamán conocido de esta zona —les dijo un joven de unos trece años que vendía agua para los visitantes sedientos. —Su nombre es Ajbej. En realidad, muchos creen que desaparece. ¿Gustan agua?

Fernando le compró una botella de agua y el joven se despidió ofreciendo a otros visitantes.

—¿Qué dijo el señor? —le preguntó Agustina a Fernando, creyendo que había escuchado mal.

—Que los supuestos espíritus que crees que guardan los lugares sagrados tienen esa misión y que intentar que se vayan podría ocasionar una catástrofe.

—Bueno, entonces sí existen.

—No sé hasta qué punto o si lo pensaste tanto que acabó haciéndose realidad —le dijo Fernando.

—En todo caso, no hay nada qué hacer. Pero, imagina todo lo que han presenciado en este lugar: lo mejor y lo peor del ser humano. Siempre me he preguntado sobre los secretos que encierran los lugares antiguos: promesas y pleitos; regalos y saqueos; amor y perdón...

Agustina sacó su celular y buscó el significado del nombre Ajbej y encontró el significado: "guía a los hombres".

Fueron a cenar...

—Estaba pensando. Tengo muy buenas historias en el blog. Sigo pensando en escribir sobre la abuela de Elena, pero tengo que investigar y entrevistar a quienes la conocieron.

—¿Y si escribes sobre estos guardianes que custodian los lugares sagrados? —le preguntó Fernando.

—Tengo la sensación de que debo visitar de nuevo Perú. Me lo confirman estas voces que me susurran palabras: *Saramaná. Pocoteque*. En las ruinas las escuché de nuevo, siempre bromeaba sobre *Pocoteque* y ayer busqué en Internet y encontré esto: *Pocotteque. De la lengua cholona*: Hubiese sido. Encontrado en Arte de la lengua Cholona (1748).

—Sí, ¿sabes cómo se llama eso? Canalizar.

—Y busqué qué era la lengua Cholona y encontré esto: **La lengua cholona** *formaba una familia lingüística de los valles del Huallaga, al norte de Perú, extinta a mediados del s. XX.*

—No sé cómo se llame o le llamen, pero es algo que me ha ocurrido siempre.

—¿Y si vamos a Machu Picchu?

—¿De nuevo? Creo que debemos esperar y te has metido muchas ideas en la cabeza.

—No lo sé. Siento la imperiosa necesidad de visitar ese sitio.

—Lo perfecto es enemigo de lo bueno, quien quiere perfecto nunca hace nada. ¿Quién dijo eso? ¿Tu padre o no? Publica lo que tienes escrito y que cada uno le busque un sentido, ¿será que funciona?

—Una catarsis de ideas.

—Y no sé si lo recuerdas, pero el mensaje del chamán fue claro: *No hay que buscar fuera lo que falta dentro*. Puedes ir y venir, buscar en un lado y otro; pero hay que ver en el interior. No hace falta ir muy lejos. Pero tienes que darte un tiempo para pensar, vivir la tristeza y que está no se manifieste de forma negativa.

Agustina sintió un nudo en la garganta y que sus ojos se llenaron de lagrimas.

—Yo busqué mucho tiempo, no sé si lo recuerdas; pero al perder a mi primera esposa viajé a los lugares más remotos. Pensaba que eso me ayudaría y sí lo hizo al inicio, pero también hizo que no afrontara la situación que estaba viviendo. Entre más alejado estaba me sentía mejor, pero en realidad me estaba alejando de todos. Y buscaba destinos cada vez más exóticos: tenía que invertir más tiempo en la planeación, organizar los pendientes y limitaba mi tiempo libre a organizar cada viaje. Claro que disfrutaba la naturaleza; pero mi vida giraba en torno a eso y el día a día me parecía desgastante. Es decir, podría haber ido un fin de semana a un lugar cercano: al bosque de la Primavera, a la Barranca de Huentitán o a Chapala, pero no lo hacía. Fue hasta en uno de los viajes de regreso que me pregunté qué sentido tenía lo que estaba haciendo, me sentía cansado, había perdido dos aviones y en lugar de sentirme mejor, me sentía peor del viaje realizado. Posiblemente fue cuando me di cuenta que a veces creemos que lo más difícil, complicado o costoso nos aportará mas a nuestra vida. En realidad, no es cierto. Se trata de también encontrarle el gusto a la cotidianidad, a lo que hacemos en el día a día. Se trata de vivir cada día como si fuera un regalo.

Agustina se quedó pensando en lo que Fernando le dijo: Era cierto. Difícil de creer y poner en práctica, pero cierto.

No se percató que su esposo había tendido su mano para que la tomara. Tenía que vivir esta realidad. No una supuesta de su imaginación.

Agustina pensó para sí misma, ¿y si en realidad aún no comprendía todo el sentido de la vida? ¿Qué le faltaba para agradecer la vida que no se había formado? Agradecer la que existía: la de su esposo y la suya propia.

—Te recomiendo que llegando a Guadalajara le escribamos una carta al bebé —le dijo Fernando antes de acostarse.

A la mañana siguiente volaron de regreso hacia Guadalajara. Volvían a la cotidianidad, a esa que a veces cuesta agarrar el gusto, pero es lo único seguro que hay: pensó que tenía que cambiar hábitos. Aprender a ver en el interior. Al llegar a casa desempacaron, lavaron ropa y se pusieron al día de los quehaceres domésticos.

Se propuso guardar la tecnología. Fernando salía a su trabajo antes del amanecer y se despedía con un beso .La mañana siguiente, al despertar, dio gracias por su vida y la de su esposo.

Se le antojó un café de olla y puso canela, piloncillo y un clavo de olor a hervir en una olla pequeña. Olió el aroma de todo aquello y sonrió. Vio los primeros rayos de la mañana, el cielo comenzó a aclarar y a tonarse naranja y azul. Suspiró hondo. Solo por ese día intentaría ver todo lo bueno. Cada día era un regalo y necesitaba aprender a vivir: Un día a la vez.

La carta. Fernando se lo había dicho ya tres veces y ella se había excusado. No lo necesitaba, decía, pero posiblemente era la única forma de calmar la pena.

Le tomó mucho tiempo escribir la carta. Me gustaría decir en este libro que fue tras la conversación que tuvieron, o unos días después, pero le valieron enfermedades: una tos que se le complicó por meses, caminatas sobre la arena en la que quería dejar atrás el dolor y buscar el alivio en las olas del mar que llegaban a la orilla arrastrando cosas preciosas y basura, en viajes a la naturaleza, en espacios que buscaba a lo largo del día para agradecer por su vida. Quisiera decir que tras un escrito o una canción, pero fue el cúmulo de estas pequeñas cosas las que brindaron la sanación. Posiblemente era necesario sufrir más tiempo o así lo había decidido ella porque le daba miedo enfrentarlo. La pena la llevaba dentro de sí y no podía soltar, ¿quién si no uno mismo se aferra al dolor?

Una noche, cuando Fernando se dormía y la casa se quedaba en calma, tomó papel y lápiz y escribió:

Querido bebé,

Gracias por llegar a nuestra vida. Gracias por darnos una nueva ilusión. El poco tiempo que estuviste aquí nos diste esperanza, fuiste una caricia del cielo. Pensamos en cómo serías, a qué te gustaría jugar, qué lugar te asombraría, cómo aprenderías a caminar, a correr y a hablar, qué comidas son las que más te gustarían.

Pensamos en tus cumpleaños, en el bautizo, en todos esos eventos que hacemos para que nuestra vida cobre sentido y poder compartir con las personas que queremos. Soñamos con los viajes que haríamos juntos, los desvelos y aprendizajes que tu llegada traería.

Estuviste poco tiempo, posiblemente para que aprendieramos a valorar la vida, esa que a veces damos por sentado.

Papá quería contarle a todo el mundo sobre tu llegada y mamá, ya tenía un carrito de compras con las cosas que hacían falta para cuidarte. Gracias a ti pensamos en que el lugar donde vivimos queda muy pequeño y pensamos buscar otro hogar para que tuvieras más espacio para jugar.

Los planes del eterno fueron otros: Estuviste aquí para enseñarnos a valorar el presente, a guardar en nuestro corazón los instantes en los que abrazamos, bailamos, reímos; momentos que, a veces, damos por sentado.

Mamá tenía miedo que te pasara algo. Pensaba cómo organizarse con el trabajo, la casa y tus cuidados. Ya ves, cosas de humanos. Y ahora entiendo que por más que uno planee, los hijos no nos pertenecen: son prestados y no me corresponde controlar todo, ni decidir todo. Cuando creemos que estamos listos o que es el mejor momento, en realidad hay planes que van más allá. Todo pasa cuando Dios dice, como Dios dice y cuando Dios dice.

Me he resistido a escribir mis sentimientos por miedo a ser vulnerable. Posiblemente no estaba lista para dejarte ir y quería guardarte en algún lugar dentro de mí.

Comprender lo frágiles que somos toma mucho tiempo. A veces nos confundimos (cosas de humanos) y creemos que dominamos el mundo.

Tan pequeño y en tan poco tiempo nos enseñaste muchas cosas.

Tu tiempo aquí fue el suficiente para enseñarnos a soltar, a creer, a agradecer y a amar un poco más y mejor.

Esta carta no es una despedida, es una forma humana para dejarte ir, para perdonar aquello que llevo dentro y no sé cómo explicar e intentar comprender que sigues vivo, pero en otra dimensión.

Te encargo que nos guíes desde el cielo, que nos acompañes espiritualmente en esta travesía terrenal y espero que algún día podamos conocerte y abrazarte.

Con amor,

Mamá.

Fernando tenía una practica que le había ayudado a superar sus pérdidas. Escribía cartas y las quemaba. Alguna vez se lo comentó y también dijo que la carta ardía dependiendo de los sentimientos que la otra persona tenía hacia ti. Agustina se mantenía al margen de estas practicas, pensaba que era una forma, que tal vez ella podía solo pensarlo, orar y ya. Pero esta vez sintió que era necesario hacerlo.

Dobló la carta con cuidado y un colibrí se acercó a su ventana. Los colibríes son aves con un significado espiritual importante. Desde épocas antiguas se lo relaciona con mensajes divinos, amor y el equilibrio de la naturaleza. Para los mayas y las culturas nativas americanas, esta pequeña y llamativa ave es sinónimo de alegría, sanación y adaptabilidad. Encontrarse con uno de ellos no es una coincidencia, sino que implica energía positiva y alegría por parte de algún ser amado que ya no está en el plano terrenal.

Tomó una candela y la encendió con un cerillo. La carta quedó en cenizas blancas. Rodaron unas lágrimas en su mejilla, suspiró y dio gracias. Colocó las cenizas en una maceta que sostenía un hule y sintió que en ese momento era más liviana, se había quitado una carga, algo que llevaba dentro de sí.

¿Por qué los humanos necesitamos de esto para poder sobrevivir?

XXV.

Era un jueves. El mismo día que había nacido Agustina y que su bebé se había marchado y regresado al eterno. Pasó por la mañana por unas conchas de vainilla y se encontró a Marta, la madre de Elena.

—Buen día Agustina, tenemos conchas recién horneadas.

No se lo tenía que decir, el olor era inminente: pan recién horneado que hacía que tragara saliva.

—¡Ya me alegró el día!

—¿Qué te pareció el escrito de Elena? ¡Increíble!, ¿cierto?

—Sí, me pareció interesante la historia de la tía.

—La noto mucho más segura de sí y muy enamorada del italiano, Martín... En un mes se van a reunir al sur de España, dice que quieren conocer el lugar donde vivieron los parientes de ambos años atrás.

—Estaré pendiente de su viaje y lo que tenga que contarnos.

—Sí, en realidad uno nunca sabe cuándo la vida da giros inesperados y nos enseña el por qué estamos aquí. Durante mucho tiempo mi relación con mi hija fue complicada, ella pensaba que el matrimonio y los hijos eran una pérdida de tiempo y la veía confundida y buscando solo el mejor trabajo, más dinero, ya sabes... y desperdiciando su juventud en eso.

—Ya sé. Llevo algunos años buscando historias, posiblemente para buscarle significado a preguntas que he tenido desde siempre o que afloran tras experiencias propias. El escrito de Elena me impactó y sobre todo por un comentario que hizo Fernando: que posiblemente por la misma razón por la que Elena le daba miedo el compromiso y tener familia era por historias heredadas de desamores que ni siquiera le pertenecían a ella, si no que a una tía abuela... Y en mi caso, pues la historia se repite de una forma u otra.

—Hay una frase de Carl Jung que dice: *Quien mira afuera, sueña; quien mira dentro, despierta.* —Marta hizo una pausa, mientras colocaba las conchas en una caja— Es difícil ese despertar y el mundo tiene tantas cosas para distraernos que muchos viven su vida sin preguntarse por qué hacen lo que hacen. A todos nos ha pasado.

—Sí, pero llega tarde o temprano, ¿o no?

—No lo sé, no a todos.

Llegaron otros clientes y la conversación se quedó allí.

De camino a casa pensó: su abuela había perdido un hijo al nacer y otros antes. Su vida había estado llena de pérdidas y eso había forjado su carácter tajante y a la vez, hermético. ¿Cómo le impactaba su historia a la propia? De muchas formas, así como la tía Ivonne había impactado a Elena y al conocer su pasado había podido enamorarse y pensar en tener familia...

Fernando había salido a hacer unos pagos y regresaría temprano a casa. Eran cerca de las doce del día, justo a tiempo para disfrutar las conchas de vainilla recién horneadas.

—¿Cómo te fue?

—Muy bien, ¿y a ti?

—Tengo algo para ti —le dijo Fernando, extendiéndole un sobre.

Agustina abrió el sobre y era un boleto de avión. De Guadalajara hacia Veracruz. Se le hizo un nudo dentro.

—Creo que es tiempo de hacer las pases —le dijo Fernando.

Ella dejó el sobre en la mesa del comedor y se retiró al baño a llorar. Posiblemente pasaron unos minutos. Fernando le dio tiempo de pensar y esperó paciente en la cocina.

Ella se limpió las lagrimas, se lavó los dientes y se lavó la cara. Sus padres se habían divorciado cuando ella tenía cuatro años, no recordaba muy bien a su padre. Su madre crió sola a sus cinco hijos, aunque siempre con el apoyo económico de su progenitor.

Al cumplir dieciocho años, Agustina empezó a estudiar y trabajar. Su padre le apoyaba con la mitad de la colegiatura y el resto lo tenía que cubrir ella. Posiblemente cuando conoció a Fernando fue la primera vez que se sintió protegida. Su madre no estuvo de acuerdo con su relación, consideraba inapropiada la diferencia de edad. Ella no quiso discutir, en realidad nunca habían sido tan cercanas. La que verdaderamente había estado a su cuidado era su abuela.

Se casó. Y se olvidó de su familia. Posiblemente hablaban unas cuantas veces al año, pero sin intimar de más. Su madre nunca se enteró que querían un hijo. Nunca lo preguntó. Y ella nunca se lo dijo. Su madre le mandaba un mensaje a diario, pero era un mensaje rutinario que enviaba a todos sus contactos. Muy pocas veces le contestaba.

Tampoco supo que estuvo embarazada.

Suspiró.

¿Era hora de volver a casa?

Quitó el cerrojo de la puerta. Fernando la esperaba afuera.

—¿Estás lista? Puedo acompañarte, pero creo que necesitas un tiempo a solas con ella.

—Sí, lo necesito.

Lo abrazó y empezó a llorar.

—Necesitamos estar en paz con nuestros padres para poder seguir. —le dijo él al oído. —A mí me tomó mucho tiempo comprenderlo, pero creo que es el momento.

—¿Qué le voy a decir?

—Que vas a ir a visitarla.

—Y, ¿qué me va decir?

—Le va a dar mucho gusto.

—Eso espero. —le contestó ella.

Tenemos tiempo. El viaje será en dos semanas y me tomé la libertad de preguntarle a tu hermana mayor si tu madre estaría en casa esas fechas.

—Es su cumpleaños —le dijo ella.

—Sí, lo sé.

—¿Encontraste tu historia para escribir tu primera novela?

—Posiblemente —le dijo ella. —Posiblemente he andado buscando una historia para encontrarle sentido a mi propia existencia.

Empacó su maleta y regresó a casa. Había llamado a su madre para avisarle que llegaría. Su madre se escuchaba contenta con la noticia.

No eran las historias de vidas pasadas las que tenía que descubrir, pero más bien decidir de la mejor manera la vida que estaba viviendo.

Índice

Autora

María Victoria Alger Velásquez

Nació en San Salvador, El Salvador el 7 de junio de 1990. Sus padres, Juan Alger y Sabina Velásquez.

Desde pequeña se vio rodeada de libros debido al trabajo de sus padres. Los libros formaron parte importante de su niñez y forjaron a lo largo de su vida su pensamiento, encontrando en la lectura aprendizajes y momentos de relajación. Economista de profesión y actualmente editora y escritora de libros de texto académicos para ESE Ediciones, siendo autora y coautora de varios de ellos. *Letras, canciones y algunas reflexiones* fue el primer proyecto personal que busca compartir aprendizajes y reflexiones que ha escrito a lo largo de su vida y su primera novela fue *Mañana no es muy tarde*. En 2022 publicó el libro *Redefinamos el éxito*, un libro de trabajo inspirado en la psicología positiva que busca desarrollar la inteligencia emocional y el liderazgo personal.

Desde el año 2018 reside en Guadalajara, México junto a su esposo, Ricardo y su hija, Victoria.

Made in the USA
Middletown, DE
07 September 2024

599808823R00092